# おおかみ皇子は王太子に二度愛される

MIYAKO HANANO
はなのみやこ

CHOCOLAT BUNKO

ILLUSTRATION 北沢きょう

CONTENTS

# 1

国や街には、それぞれ独特なにおいがあると桜弥(さくや)は思っている。十年ぶりにアルシェールの地に降り立った時、どこかなつかしいにおいを感じた。そして、無意識に自身の頭に手を伸ばし、帽子を深くかぶりなおした。

アルシェール王国の主要港であるサンプトン港はとても大きな港で、客船だけではなく、多くの貿易船も停泊している。強い軍事力と交易により今の大国を築いたアルシェールは、海外領土も数多く持っている。

その中には獣人の国もあるため、港では多くの獣人が働いていた。

この世界には人間と獣人と二つの種族が存在する。そして、ほぼすべての国を人間が支配している。

遠い昔、それこそ数百年ほど前まで、人間と獣人の国々は協力し合っていた。だが科学技術の発展が遅れている獣人の国を、人間は知能が遅れていると見下すようになり侵略したのだ。

もっともそれは百年ほど前の話であり、昨今は獣人も自分たちと変わらないという啓蒙思想が広まってきている。

そして、そういった思想の広まりに一役買うことになったのが、桜弥の生国である扶桑帝国だった。

東の果てに位置する小さな島国は海が外敵の侵入を阻み続けていた。けれど技術の発展によって長距離航海が可能になったことで、多くの国が武力による侵攻を行った。

当然、扶桑帝国は反発した。独自に発展を遂げた技術を用いて激しく対抗し、人間の国々にも甚大な被害が出た。

そんな扶桑帝国の技術に目をつけ味方をしたのが、西の大国アルシェール王国だった。対立を避けたい国々はアルシェールの働きかけに応じ、その結果扶桑帝国は獣人の国でありながら、唯一独立国として在れた。

獣人は身体能力に優れている反面、人間に比べて細かい作業や頭を使うことは苦手だと見られていたのだが、扶桑帝国は人間のそういった固定観念さえ覆した。

けれど、それはあくまで扶桑帝国内での、表向きの話だった。

十年前、この国の獣人の扱いは、お世辞にも良いものだとは言えなかった。かろうじて人として扱われているものの、罵声を浴びせられたり、遠巻きにされたりと、胸が痛くなるような場面を幾度も見てきた。

だから、目の前の光景に驚いた。

え……？

港では、以前と同じように多くの獣人が働いていた。けれど、あの頃のような悲壮感はなく、その表情は活き活きとしていた。

服装も以前よりずっと洗練された上等なものになっており、頭の上の耳も尻尾も、堂々として見えた。耳を傾ければ会話が聞こえてくるが、雇い主らしき人間の獣人への接し方も穏やかだった。

獣人の扱いが変わったとは聞いていたけれど、あの頃とは随分違う……。

「桜弥様、いかがなさいましたか？」

立ち止まってしまった桜弥に、篁真之（たかむらさねゆき）が声をかけてくる。彼は扶桑帝国から唯一桜弥が連れてきた従者兼護衛だ。

「あ、いや……大丈夫だ」

慌てて足を進め、入国管理が行われている瀟洒（しょうしゃ）な煉瓦（れんが）の建物へと足を向ける。

「お待ちしておりましたサクヤ殿下、ようこそアルシェールへ」

建物の中で桜弥を待っていたのはアルシェールの外務大臣デビットだった。かつて扶桑帝国に駐在していた大使でもあり、扶桑帝国をアルシェール王国の保護国にするために尽力してくれた人物でもある。

いくら扶桑帝国に縁があるとはいえ、国の中枢を担っている彼が、わざわざ自分の迎えに赴いたことに桜弥は驚いた。ササンプトン港に王宮から迎えを出すとは聞いていたが、誰が来るのかは知らされていなかった。

「ご無沙汰しております」

頭を下げようとすれば、デビットは慌てて止めた。

「おやめ下さい殿下。皇子が簡単に頭を下げてはなりません」

彼はかつて桜弥がアルシェールに留学する時にも色々と心を砕いてくれた人間の一人だった。皺の数は増えたものの、笑うと下がる目尻はあの頃と全く変わらない。

「まさか、デビット様が迎えに来てくださるとは思いませんでした」

「ウィリアム殿下も足を運びたいと仰っていたのですが、王太子に即位されてからは、公務でお忙しく……」

ふいに大臣の口から出たウィリアムの名に、心臓が大きく撥ねた。

扶桑帝国がアルシェール王国の保護国となれたのは、王太子であるウィリアムの意向によるものだと聞いている。

侵略を免れてきたものの虎視眈々（こしたんたん）と扶桑帝国を狙う国は多く、アルシェール以外の国々との間には軋轢（あつれき）が生まれていた。扶桑帝国びいきだったアルシェール国王が亡くなったのを機に、小競り合いが本格的な戦争に発展しつつあった中、アルシェールは最恵国待遇を得る代わりに保護国にすることで、再び窮地を救ってくれたのだ。

　桜弥がアルシェールをこうして訪れたのも、両国の関係をより強固なものにするためだった。桜弥が選ばれたのは皇位継承順位の低い側室腹で独身であることと、留学時代にウィリアムのルームメイトであったことが大きく影響している。

　当時のウィリアムとの関係は良好だった。むしろ、良好過ぎた。

　痛む心から目をそらし、桜弥は微笑んだ。

「ウィリアム殿下とは、学院時代に懇意にされていたとお聞きしております。桜弥殿下がアルシェールに来られるのを、ウィリアム殿下も心待ちにしておられましたよ」

　勘違いしてはいけない。優しいウィリアムのことだ、学院時代の友人を気遣っての言葉で、深い意味はない。

　愛されていると、そう思っていたのは桜弥の勘違いなのだから。

「従者の方がお一人いらっしゃるとお聞きしましたが」

　大臣の指摘に対し、はたと気付く。そういえば、真之のことを紹介していなかった。

「紹介が遅れました、彼に私の護衛と身の回りの世話をしてもらっています」

「篁真之と申します」

桜弥のすぐ後ろにいた真之が、大臣に頭を下げる。

「人間の方ですか？」

「はい、そうです。彼の父は扶桑帝国に技術支援に来ていたアルシェール人なんです」

国交を結んだのをきっかけに、扶桑帝国はアルシェール王国に協力を仰ぎ、多くの優秀な人材を派遣してもらった。

真之の父はの軍制改革のために派遣された軍人の一人だった。元々は数年で任務を終え、帰国するはずだったのだが、扶桑帝国に傾倒した真之の父はそのまま骨をうずめることを決め、人間でありながら皇帝の臣下となった。

桜弥のアルシェールへの滞在期間が、どれくらいのものになるかわからない。

二度と扶桑帝国の地を踏めない可能性もある。

従者兼護衛として真之を選んだのは、その能力の高さが一番の理由ではあるが、獣人より、人間の方がこちらに馴染みやすいと思ったのもある。

馬車に揺られながら、桜弥は窓の外へ視線を向ける。

アルシェールの王都、フルリールは常に時代の最先端をいっている。相変わらず多くの人で賑わっていた。

街の様子を眺めていると、あの頃の思い出が自然と蘇ってくる。寮生活を送っていた桜弥にとって、偶の休日に街へ出かけるのはちょっとした楽しみだった。

あ……あの古書店、まだあるんだ……。

百年以上前から存在するという古書店は蔵書数が多く、ウィリアムと一緒によく足を運んだものだった。読書好きのウィリアムに勧められるまま、多くの本を読んだ。アルシェール人なら皆知っているという古典文学から、当時人気の娯楽小説まで。今思えば、桜弥がアルシェールに馴染めるようにというウィリアムの気遣いだったのだろう。

ウィリアムの穏やかな眼差しを思い出し、ツキリと心が痛む。桜弥のアルシェールでの思い出のほとんどにウィリアムがいる。

もう……十年も前のことなのに……。

気分を変えようと、視線を上げれば。

「あれ……？　空の色が青い……？」

以前は石炭を燃やした時の煙が町全体を覆い、フルリールの空は灰色だったのに、今は鮮やかな青色だ。

「馬車の中からだとわかり辛いかもしれませんが、工業地帯を郊外に移転したところ、都市の環境が随分改善されました」

桜弥の言葉を聞いた大臣が、にこやかに言った。

「そういえば、先ほど通った川の水も以前よりきれいになっていましたね」

「はい。以前は川の水で病気になる者や、肺を痛める者もいましたが、そういったこともなくなりました。郊外への移転は、ウィリアム殿下が主導で行われたんですよ」

「そうなんですか……」

ウィリアムは立派に王太子としての責任を果たしているようだ。

自身が国のためにできることと言えば、こうして友好のために人質同然となることくらいしかない。彼我（ひが）の差になんとも情けない思いはするが、嘆いたところで情況が変わるわけではなく、自分の役目を全うするしかない。

大通りを抜けた馬車は、ゆっくりと王都の中央にある王宮へと向かう。

そびえ立つ大きく豪奢な宮殿は、これから桜弥が住む場所でもある。桜弥は拳に力を入れ、怯みそうになる自身の心を奮い立たせた。

＊＊＊

管弦楽団の演奏が、耳に心地良い。晩餐会が終わった後、百合の間に移動した招待客は、飲み物を片手に歓談している。

この百合の間は、宮殿内でも一番広く、諸外国の貴賓や、王族の誕生日など、特別な催しが開かれる際に使われるのだという。

……やっぱり、こういった場にはいつまでも慣れないな。

扶桑帝国でもこういったパーティーは開かれているが、皇位継承順位が低い桜弥はそれほど参加したことはなかった。参加しても注目を浴びることはないため、親しい友人や知人と話しているだけでよかった。

けれど、このパーティーの主賓は桜弥であり、扶桑帝国とアルシェールの両国の繁栄と友好のために、開かれているものだ。隙を見せるわけにはいかない。

先ほどから引っ切り無しにアルシェールの貴族たちが桜弥の下を訪れている。

桜弥が想像していたよりは友好的で、内心胸を撫で下ろしていた。

勿論、誰もが桜弥に対し友好的なわけではない。最初から桜弥をいない者として扱っている貴族も中にはいた。

扶桑帝国に興味があるという貴族の青年と、当たり障りのない会話をしていると、前方の人が道をあけた。

ウィル……。

シャンデリアの下、まばゆいほどに鮮やかな金色の髪は光を放ち、彫刻のように整った顔立ちは優しく穏やかだ。青色の美しい切れ長の目が、自分に向けられている。

あの瞳に見つめられることに、喜びを感じていたあの頃の気持ちがふいに蘇ってくる。

全ては過去の事だと、割り切れていると思っていた。

しかし、そうではなかった。

晩餐会では互いの席が離れていたこともあり、会話をする必要はなかった。晩餐後のこのパーティーも、きりが良いところで辞する予定だった。

桜弥が逡巡している間に、青年が下がる。ゆっくりと優雅な足取りでウィリアムが近づいてくる。

「久しぶりだね、サクヤ」

耳に心地よく入ってくる、少し低めの、聞き取りやすい柔らかな声。

「お久しぶりです、王太子殿下」

大礼服と言われる、煌びやかな礼装を纏ったウィリアムは、見た目も立ち振る舞いも完璧だった。生まれながらの王子とは、彼のような存在なのだろう。

「十年ぶりになるのかな……また君に会えて嬉しいよ。ほとんど変わっていないから驚いた」

「王太子殿下は、あの頃よりも背が伸びましたね」

青い瞳は記憶より高い位置にある。

少年らしさは消え、体躯のしっかりした、立派な美丈夫となっていた。

ウィリアム・アルシェール。この国の王太子である彼と、桜弥は学院時代多くの時間を共にし、そして恋をした。

「王太子殿下……随分堅苦しい言い方だね」

僅かではあるが、ウィリアムの表情に戸惑いが見えた。桜弥はウィリアムの言葉には何も返さず、困ったような笑みを浮かべた。

暗に、学院時代とは違うのだと伝える。当時のように愛称で呼ぶことはできないし、呼ぶつもりもなかった。

「衣装をご用意して下さり、ありがとうございました」

今桜弥が身に着けている衣装は、ウィリアムが用意してくれたものだ。

華やかなコートに、ブリーチズと呼ばれる膝下までのズボンにブーツは、上流階級が集まるこの場においても全く見劣りしていない。歓談した貴族たちから何度か褒められたくらいだ。

桜弥も洋装はいくつか持ってきていたのだが、女王陛下に謁見するにはいささか心もと

なかったので助かった。

「どういたしまして。色合いがサクヤに良く似合ってる。他にも、何か要用ものがあったら用意するから言って欲しい」

以前と変わらず、ウィリアムは優しい。けれどこれは決して特別な愛情からきているものではないことを、桜弥は知っている。だからこそ、ウィリアムの優しさは桜弥を傷つけた。

「ありがとうございます」

この国の王太子と話しているのだ。自然と、周囲の視線が集まる。

「随分、親しげですのね」

「なんでも、学院時代はルームメイトだったとか」

ひそひそと囁かれる貴族たちの声が、自然と桜弥の耳にも入ってくる。

こんな時、聴覚が人間よりも優れていることが少しばかり恨めしい。何て言われているのか気になって落ち着かない。

「ここは人の目が多いね、積もる話もあるし、別室で話さない？」

周囲の耳を気にしたのだろう、僅かに声を潜めて、桜弥に問いかけてきた。

ウィリアムに甘やかな声で囁かれ、背筋がぞくりとする。

「せっかくのお申し出ですが、長旅で少々疲れが溜まっております。申し訳ありませんが、またの機会にして頂けないでしょうか」

ぎこちないながらも笑みを浮かべ、ウィリアムの誘いを断る。

アルシェールについてから予定がぎっしり詰まっていたこともあり、疲労が溜まっているのは嘘ではなかった。けれど、そんな桜弥の言葉に、何故かウィリアムは傷ついたような顔をする。

「……そうだね、確かに、疲れているよね」

「はい。そういったわけですので、そろそろ下がらせて頂きます。本日は素晴らしいもてなしをありがとうございました」

ウィリアムが口を開きかけたのはわかったが、くるりと踵を返し、部屋の出入り口へと向かう。歩きながら、胸にそっと手を置く。心臓は、これ以上ないというほど早鐘を打っていた。

一体、どういうつもりで別室に誘ったのだろう……。

まさか愛人にでもするつもりなのだろうか。いや、そんなことはない。自意識過剰だと自身の考えを打ち消す。

自分の中にまだウィリアムへの想いが残っているからといって、あの頃のような関係に戻るつもりは毛頭ない。

ただウィリアムのことだけを見つめ、初めての恋に一生懸命だったあの時に受けた心の傷は、今も癒えていない。

あんな思いは、もう二度としたくはなかった。

## 2

『随分、堅苦しい言い方だね』

　それは十年前、ウィリアムと会話をした際に発せられた言葉と同じものだった。

――十年前・アルシェール王立学院
「それで、君の言い分は？」

　テイル・スーツを脱ぎ、ウエストコート姿になったウィリアムが、桜弥の向かいの椅子に座った。

「先ほどはオーブリーの友人たちに遮られてしまっただろう？　だから、ちゃんと話を聞きたいと思ったんだ」

　元々、学院の寮は全室二人部屋だが、王族であるウィリアムとその弟のエドガーには勿論、桜弥にも個室が与えられるはずだった。だが、新入生に寮を希望する生徒が多かったために、ウィリアムとルームメイトになった。ウィリアムの部屋は、リビングとベッドルームの他にもう一部屋あり、実質個室のようなものだったからだろう。

普段はどちらも自室で過ごしているため、こんな風に話すのは初めてだった。鮮やかな金髪と青色の瞳を持つウィリアムの顔立ちは整っており、女性らしさは全くないのにとても美しく見えた。

監督生と言われる、この学院では選ばれた者にしか身に着けることができない紺のウエスト・コートを、彼ほど上手に着こなしている生徒はいないだろう。

腕組みし、居丈高な態度でも鼻につかないのは、大国の王子だからだろうか。

桜弥は質問にどう答えるべきか決めかねていた。本当のことを話すべきか、オーブリーに配慮して話すべきか。

先ほどウィリアムは獣人である自分の話も聞こうとしてくれていたし、オーブリーたちが話を妨害したら、周囲の生徒に話を聞いてくれた。公正な人なんだろうとは思う。

「君から見た真実を知りたいだけだ。何も言わなければ、オーブリーの話が事実だという事になるけど、良いのかい?」

この人なら、獣人だからと一方的に僕を悪者にはしないだろう……。

そう思った桜弥は、おずおずと話し始めた。

全ての始まりは、桜弥のアルシェールの王立学院への留学が決まったことだった。

アルシェール王国と扶桑帝国の国交樹立五十周年の交流行事の一環で、ウィリアムの祖父である当時のアルシェール王自ら提案してくれたものだ。

アルシェール王は、若い頃に扶桑帝国を訪れたことがあり、国をあげての歓迎を大層喜んだそうだ。扶桑帝国に特別な思い入れを持ってくれており、獣人への偏見もない人だった。天文学的な王立学院の学費も生活費も、全てアルシェール王が出してくれた。周囲には心配する声もあったが、桜弥は喜んでこのアルシェールの地を踏んだ。

世界の最先端であるアルシェールで学べることを嬉しく思ったし、桜弥は曲がりなりにも皇族だ。アルシェールの王族や貴族と親交を深め、この国で学んだことを母国のために役立てたかった。

王立学院では医療に関する授業もあると聞く。ぼんやりと医学の道を目指していた桜弥にとって、絶好の機会であった。

けれどいざ学院に入ってみれば、自分がどれだけ世界を知らなかったかを実感した。

アルシェールでは、五年前に現在の国王が人間と獣人を平等に扱うよう法で定めていたが、差別感情は根強く残っていた。

アルシェール王が援助してまで留学を後押ししたのは、獣人でも学院に通えるのだということを知らしめる狙いがあったのかもしれない。

長い伝統を持つ王立学院は試験が難しく、学費も高い。けれど優秀な生徒には奨学金が支払われるため、平民でも通う事ができた。

黒のテイル・スーツにストライプのズボンという特徴的な制服は一種のステイタスであり、街で不当な扱いを受けることはなかったが、学院では違った。

貴族の子息が多く通う学院には獣人に偏見を持つ生徒も多かった。遠巻きにされるだけでなく、ひそひそと悪口を言われたり、あからさまに嫌な顔をされたりして文化交流どころではなかった。

学問は元々得意だったので、一緒に学ぶうちに誤解が解けることを期待していた。しかし、見下していた獣人が教師から名指しで幾度も褒められ好成績を収めていたのが、一部の生徒たちにとっては面白くなかったのだろう。そんな生徒たちとグループワークが一緒になってしまってからというもの、何かと理由をつけて分担を断られていた。

最初のうちは、自身の勉強にもなるからと甘んじて引き受けていたが、毎回だとさすがに腹も立ってくる。

さらに今回、フィールドワークまで一人でやらせようとするのに、さすがの桜弥も我慢の限界だった。

「あの、オーブリー！」

授業が終わり、教室を出た少年を呼びとめる。

伯爵家の息子であるオーブリーと同時に、取り巻きの少年たちも足を止めて振り返った。

「なんですか？　サクヤ様」

「先ほどの授業の話だけど……僕一人でフィールドワークに行くって、おかしくありませんか？　あなたたちは何をするんですか？」

自分よりも高い位置にあるオーブリーの顔をしっかりと、真っ直ぐに見つめる。

「え？　何って……まとめ？　さすがにそれくらいは手伝うつもりですよ。ね？」

日頃、滅多に自分の意見を言うことがない桜弥からの問いが、意外だったのだろう。

なんとも要領を得ない回答をすると、取り巻きたちに同意を求める。

「それくらいは手伝うって……グループワークは皆で課題に取り組み、仕上げるものですよね？　どうしてあなた方が手伝う立場なんですか？」

桜弥が憤っていることに気付いたのだろう。

それでまで涼しい顔をしていたオーブリーが、へらりと愛想笑いを浮かべた。

「サクヤ様、何か思い違いをされていませんか？　俺たちには他にやらなければならないことがありますし、サクヤ様にこの国のことをもっと知っていただきたくて、フィールドワークをお任せしたんです」

　さらさらと、オーブリーの口から出るもっともらしい言葉に、桜弥の表情が引きつる。

「勿論僕は今回のフィールドワークをとても楽しみにしております。けれど、あなた方が現地へ行かない理由にはなりません。そういった態度を取られるなら、担当教師に相談させて頂きます」

　さすがに、まずいと思ったのだろう。取り巻きたちの顔色が変わった。

　教師の耳に入れれば、彼らの評価は下がるだろう。プライドの高い彼らにとっては、都合が悪いはずだ。

「ま、まあまあ……サクヤ様、そんなことを仰らないで。可愛いお顔が台無しですよ？」

「……はあ？」

　ふざけているのかと、声を荒げたくなった。

「グループを抜けるだなんて、サクヤ様が抜けてしまったら俺たちとても寂しいです」

　わざとらしく悲しげな顔をし、その長い腕を桜弥の肩に回す。

　突然のスキンシップに、桜弥の身体が硬直する。

「そうだ、フィールドワークで行くビアトップ農場はブルモン家の領地にあります。よかったらマナーハウスにサクヤ様を招待いたします」

マナーハウスとは貴族が領地に持つ屋敷のことだ。近しい者しか招待されることはないため、勢いのあるブルモン家と繋がりを持ちたい貴族の子弟からすれば、喜ばしいことなのかもしれない。だが、桜弥にとっては何の魅力もなかった。

「い、いえ……結構です」

「そんな冷たいことを仰らず……」

顔を近づけられ、耳元で囁かれる。

「獣人のくせに成績が良いからって調子に乗ってるみたいだが、どうせ教師と寝てるんだろう？　小ぎれいな獣人はだいたい男娼だって相場が決まってる。俺が相手をしてやってもいいんだぜ？」

バシン

あまりの嫌悪感から、思わず桜弥はオーブリーの頬を思い切り打ってしまった。

まずい、謝らなきゃ……！

そう思ったものの、目の前にある顔がその眦（まなじり）を思い切り釣り上げていく。

それを見て、桜弥も冷静になる。確かに手を上げたのは悪かったが、その前に自分に下劣なことを言ったのはオーブリーだ。

「お前……！　この犬っころが……！」

「先ほどの貴方の言葉は、僕への侮辱と受け取りました」

怒気を見せるオーブリーを、怯むことなく桜弥はにらみつける。

「貴方に決闘を申し込みます」

桜弥の言葉に、オーブリーが目を丸くした。けれどそれは一瞬のことで、すぐさまその表情は歪む。

「はあ？　決闘？　お前みたいなチビが俺に？　いいぜ、受けて立ってやるよ……今すぐにな！」

そう言うと、オーブリーがその拳を思い切り桜弥に振るう。

桜弥は小柄ではあるが、幼い頃から武道の素養は身に着けている。易々とオーブリーの拳を避け、その腕を掴んだ時だった。

「そこまでだ！」

一人の少年の声が響き渡った。

「なんの騒ぎだ？」

靴音と共に、ゆっくりとこちらへ近づいて来るオーブリーよりもさらに背が高い少年は、テイル・スーツの下に紺色のウエストコートと呼ばれるベストを身に着けている。

このウエストコートを着ることができるのは、学力だけでなくスポーツやリーダーシッ

プ等様々な面で優秀さを認められた監督生だけだ。少年の顔を見た桜弥は大きく息をのむ。

ウィリアム殿下……！

自分たちの間に入ってきたのは、王孫であり、第二王子のウィリアムだった。

一つ上の学年のウィリアムは、桜弥のルームメイトでもあった。同室であるとはいえ、これまでほとんど関わりはなかった。

桜弥は扶桑帝国の皇子ではあるが、オーブリーだって伯爵家の息子だ。

ウィリアムが自分に対して差別的な態度をとったことは一度もないが、きっと獣人の自分よりもオーブリーの言葉を信用するだろう。

「オーブリー、だったか？　状況の説明を」

問われたオーブリーが、びくりとその身体を震わせた。

「王子……」

ウィリアムの視線が鋭くなった。

ウィリアム・アルシェール。王孫である彼が、学院内で王子と呼ばれることをひどく嫌っているというのは、エドガーから聞いたことがあった。

桜弥自身、最初の挨拶時に王子と呼ばないで欲しいと言われていた。

「その、意見に食い違いがあったので説明したところ、彼が突然暴力を振るってきたんです」

　自分は悪くない、あくまで悪いのは桜弥なのだとオーブリーが説明する。

　はあ……!?

　オーブリーの言葉に、桜弥は愕然とする。

「そうなのか？」

　オーブリーの話を聞いたウィリアムが、今度は桜弥に視線を移して問う。

「ち、違います！　彼らとは、自然科学の授業で同じグループなのですが、課題の事で……」

「殿下！　彼は自分に都合の良い話をしようとしております！」

「殿下、私の話よりも彼の話を信用するのですか？」

　桜弥が説明しようとすると、オーブリーと取り巻きが、その声をかき消すように訴える。

「他に状況がわかるものは？」

　このままでは埒が明かないと思ったのだろう。ウィリアムの視線が、遠巻きに様子を窺っていた生徒たちの方に移った。

「グループワークの件で、揉めていたようです……」

「彼は、一人でフィールドワークを行うのはおかしいと……」

おずおずと周囲の生徒が口にすれば。

「お前らは、獣人の肩を持つのか!?」

オーブリーが声を荒げ、発言した生徒たちは顔色を悪くして閉口した。

「殿下、周囲の者たちは誤解しているのです。彼らの話など……」

「落ち着いて話せ、オーブリー・ブルモン」

言い募るオーブリーをウィリアムが窘める。

「誤解なんです殿下、先ほどの説明では言葉足らずでした。グループワークで意見の食い違いがあったのは本当です。事情があってフィールドワークに参加できないことを説明しただけなのに、突然『決闘だ』と殴りかかられたんです」

桜弥や他の生徒に対するものとは全く違う、媚びるような笑顔でオーブリーがウィリアムに言ったちょうどその時、予鈴が鳴り響いた。

「そろそろ次の授業が始まるな。この場は私が預かるが、授業内のトラブルのようだから教師の判断を仰ぐ必要がある。追って話が行くようにするから、それに従うように」

ウィリアムの言葉に、それまで固唾(かたず)をのんで状況を見守っていた周囲の生徒たちが、ようやく動き出す。桜弥も彼らに続こうとすれば。

「サクヤ・ハルノミヤ」

名前を呼ばれ、桜弥の背筋が伸びる。

「は、はい……！」

「申し訳ないが、君からもちゃんと話を聞きたい。授業を休ませてしまうことになるが、構わないかな？」

「……はい」

小さく桜弥は返事をする。

次の授業に桜弥が出られないことを教師に伝えるよう、ウィリアムは同級生に言付ける。

次の授業は……算術か。出たかったけど、仕方ないな。

そう思いながら、桜弥は早足でどこかに向かうウィリアムについて行った。

＊＊＊

「以上が、僕から見た経緯です」

心臓はドキドキと早鐘を打ってはいたが、なんとか説明しきることができた。

発音が間違っていないだろうか、失礼な物言いになっていないだろうか。そういった緊張も、話が進むにつれ、徐々に薄れていった。

目の前に座るウィリアムが、桜弥の言葉にちゃんと耳を傾けてくれているのがわかったからだ。

聞き終えたウィリアムは先ほどまでの真面目な表情を崩した。

「驚いた。とてもわかりやすい説明だった」

「……え？」

どういう意味だ。そう問いかける前に、ウィリアムは再び口を開いた。

「いや、ごめん。普段から口数が少ないから、まだこの国の言葉に慣れていないのかと思ってたんだ。だが、そんなことはなかったんだね。見事なアルシェール語だった」

「ありがとうございます」

笑みを浮かべるウィリアムに、桜弥も素直に礼を言う。

「そんなにも話せるのなら、どうして決闘なんて騒ぎに？」

「それは……あの侮辱は僕としても許せなかったからです」

「オーブリーはどんなことを？」

桜弥は決まりが悪い思いをしながら、オーブリーに言われた言葉をそのままウィリアムへ伝える。

話を聞いたウィリアムもさすがに呆れたのか、苦虫を嚙み潰したような表情をした。

「確かにそれは……君が怒りを覚えるのもわかるな。ただ、それでも決闘はやりすぎだ。命をかけるほどのことでもないだろう？」

命、というウィリアムの言葉に桜弥は首を傾げる。

「そんなものはかけていません。僕の誇りを汚さないための決闘です」

「アルシェールで決闘と言えば、命をかけて行うものなんだが」

驚きのあまり、桜弥は大きな瞳を瞬かせる。

「母国では……扶桑帝国では決闘はどちらかが負けを認めれば終わりです。僕はそのつもりでした。オーブリーも何も言わなかったので……」

桜弥としても、そこまで大事にするつもりなどなかったのだ。

ウィリアムの説明で、周囲があんなにも驚いていた理由がわかった。

「決闘のルールが違ったという事か。文化の違いだね」

「はい、そうだと思います……」

ウィリアムの言葉に、桜弥も頷いた。

「決闘に関してはわかったが……だがグループワークに関しては、どうして疑問を持った時に抗議をしなかったんだ？　教師に相談することだってできただろう？」

「最初は……教師も他の生徒も何も言わないし、獣人に対する偏見からの意地悪くらいにしか考えていませんでした。獣人の知能が劣っているわけではないとわかれば、今の状況も改善するんじゃないかと。でも、改善するどころかひどくなるばかりで……」

「なるほど……」

ウィリアムの表情は厳しく、言うべきではなかったかと少しだけ桜弥は後悔する。

「言葉も文化も違う異国で、サクヤ殿下が頑張っているのはよくわかった。でも、自ら声を上げなければ周りだって手を差し伸べられない。それを受け入れているのだと考える。何か理由があるのかもしれないからね」

ウィリアムの言葉に、桜弥はハッとする。

考えてみれば、教師や他の生徒たちがもの言いたげな視線をこちらへ向けてくることが何度かあった。

もしかしたらあれば、桜弥が何か言うのを待ってくれていたのだろうか。

けれど、そうだとしても不安は残る。

「僕がはっきり何かを言うことで、国家間の問題になったりしないでしょうか？」

すると、それまで神妙な表情をしていたウィリアムが、その頬を緩めた。

「正当性を訴えることが問題になるわけがないよ。だけど、こうしてトラブルになってしまった以上、他のグループに移動するか、一人でやりたいと教師には伝えた方がいいだろうね」

「え？　グループワークなのに、一人でもいいのでしょうか……」

オーブリーたちにはああ言ったものの、教師に受け入れてもらえるのか不安はあった。

「教師に何か言われたら、私を引き合いに出せばいい。私も去年、一人でグループワークの課題をやったことがある」

「で、殿下もですか……？」

意外だった。ウィリアムの周りには常にたくさんの人がいる。実際に話してみて、人格に関しても評判通りの素晴らしい人なのに。

「学院内では同じ生徒だと言っているのに、こちらの顔色ばっか窺って、おべんちゃらしか言えない級友にいい加減腹が立ったんだ。それにしても、殿下って……」

「え？」

「随分、堅苦しい呼び方だね」

「え、いえ……王子と呼ばないで欲しい、と仰っていたので……」

「ウィルでいい。あと、そのやたら丁寧な言葉使いもできればやめてくれないか」

「それなら、僕の事もサクヤとお呼びください。……言葉使いは急に変えろと言われましても」

困惑しながらそう言えば、ウィリアムが小さく笑う。

「まあ、おいおいでいいよ。オーブリーもさすがに今回の件で懲りるだろう。家柄を鼻にかけた振る舞いは褒められたものではないしね」

やけに実感のこもった言い方だった。

オーブリーは王族と血縁関係にあるので、幼い頃からよく知った仲なのかもしれない。それにしても。

「殿下は獣人に対する偏見がないのですね?」

思ったままを伝えたつもりだったが、ウィリアムの眉間に皺が寄った。

何かまずいことを言ってしまったのだろうかと自身の言葉を反芻し、慌てて言い直す。

「あ、その……ウィルは……」

どうにも慣れない。

桜弥の呼び方に満足したのか、ウィリアムは機嫌よく口を開いた。

「祖父に幼い頃から、獣人は自分たち人間にはない能力を持っている、すごい人たちなんだと教えられてきたんだ。扶桑帝国のことも聞かされていたよ。東の果てにある、おとぎ話に出てくる夢のような国だったと言っていた」

ウィリアムが獣人に対する偏見がないのは、どうやら祖父であるアルシェール王の影響のようだ。

「サクヤは……聞いていた話とは随分違う」

「え？」

「お高く留まって人間を見下しているとか、周囲と交流を持とうとしないとか、勉強はできるが会話はできないとか……散々な言われようだった」

「別に、そういうわけでは……」

ない、と言いたいところだったが、そうとられても仕方がない振る舞いではあったため、強く否定はできない。

「実際はエドガーが言っていたように、ただ不器用なだけだったんだな」

「エドガーが、そんなことを……？」

エドガーはウィリアムの一つ年下で桜弥とは同学年だが、寮やクラスが違うため接する機会はあまりない。それでも、学内で会えば気さくに声をかけてくれる、明るく気立ての良い少年だ。

「お二人は仲が良いのですね」

何気なく口にしてしまったが、まずかっただろうか。

一夫多妻制の扶桑帝国とは違い、アルシェールは一夫一妻制だが、愛人との間に婚外子を設けることは珍しいことではない。ただ、そういった場合兄は弟仲は良くないことが多いと聞いたことがある。ウィリアムとエドガーの場合、母は一緒だが父親が違ったはずだ。

「あ、すみません他意はなくて……」

なんと言って繕えばいいのだろう。焦る桜弥に、ウィリアムは笑って首を振った。

「気にしなくていいよ。母上があまり子供に関心がなかったこともあって、私の父の下で一緒に育てられたからね。父は私よりも素直なエドガーを可愛がっているくらいだ」

ウィリアムのエミリア女王への物言いは、自身の母親に対するものとは思えないくらいあっさりとしたものだったが、嫌悪感はないようだ。嫌っているわけではないのだろう。

「それにしても……」

ウィリアムが、その青い瞳で桜弥をじっと見る。

「表情はすましているのに、耳は感情表現が豊かだな。先ほどから、ピンっと立ったかと思えば垂れたりと忙しそうだ」

その言葉に、思わず桜弥はパッと手を上げ耳を隠す。

獣人だからといって、皆が皆感情のままに耳が動くわけではない。なるべく動かさぬよう気を付けてはいるのだが、油断すると耳が動いてしまう。

ウィリアムと言えば、そんな桜弥の反応が面白かったようで、肩を震わせている。

「……お、お話はこれくらいで大丈夫でしょうか」

「ああ、事情はわかった。今回の件に関しては、せいぜい口頭で注意されるくらいだろう。もしグループを抜けられなかった場合は、相談してくれ」

「あ、ありがとうございます……」

礼を言えば、ウィリアムは頷き、満足げにきれいな笑みを浮かべた。

桜弥は耳から手を離すと席を立ち、小さく頭を下げ部屋を出る。

噂通り、素晴らしい方だったな……。

学院の誰もが憧れ、羨望の的であるウィリアム・アルシェール。

誰に対しても優しく平等で、自分の話も、先入観を持つことなく聞いてくれた。

アルシェールに来てから、こんなに長く誰かと話したのは初めてだった。

交友に関しては、獣人の自分ではどうせ相手にされないとどこかで諦めてしまっていた。

けれどウィリアムやエドガーのように、偏見を持たずに自分と仲良くしてくれる生徒が他にもいるかもしれない。

これからは、積極的に他の生徒に話しかけてみよう。

教室までの足取りは軽く、窓から見える庭の花々が、いつもより美しく色鮮やかに見えた。

オーブリーとの一件をきかっけに、ウィリアムと話すことが嘘のように増えた。元々ルームメイトだったのだ。避けるのを止めれば、いくらでも話す機会はあった。そしていつしか、リビングで一緒に過ごすことが多くなっていった。

今にして思えば、十代の少年期にありがちな、熱に浮かされたような、一時的な感情だったのかもしれない。

それでも、桜弥は確かにウィリアムに強く憧れ、恋焦がれた。ウィリアム自身も、桜弥ほどではなくとも情を抱いてくれていると思っていた。

好きだ、なんて一度も言われたことがなかったというのに。

# 3

光がたくさん入る温室の中は暖かく、様々な薬用植物が発するすっきりとしたかおりで満ちている。薬用植物のつける小さな花は、観賞用とは違い華やかさはないが、それでも視界を楽しませてくれる。

水やりをしながら、植物の様子を一つ一つ注意深く見ていく。

医学博士である桜弥の専門は薬草学だ。薬は基本的に高価になりがちだ。多少効果が落ちても庶民の手に届く安価な代替薬の研究をしている。そのため、医師とはいっても患者に接することは滅多にない。

元々は臨床医を希望していたのだが、順位が低いとはいえ皇位継承者が患者に接することは許されなかった。

アルシェールは薬用植物の研究が盛んで、世界中から様々な薬草が集められている。桜弥が書物の中でしか見たことがない植物もあり、見ているだけで気持ちが高揚する。

ただ、昨今は医学の発達により薬草よりも抗生物質の研究が主流となっているため、薬用植物の研究者も少なくなっている。既に桜弥の研究は過去の遺物ととらえられることもある。

けれど、植物には無限の可能性があると桜弥は信じている。

扶桑帝国は長い間閉ざされていたこともあり、薬用植物についても独自の研究が進められている。

自分の研究が役立てばと思っていたのだが、残念ながらアルシェールの医師たちにはそうは思ってもらえなかった。

桜弥が配属されたのは、城の敷地内にある王立医学研究所だ。

与えられたのは、薬草植物の研究者としての地位と温室と研究室、そして二人の助手だった。助手と言っても、それぞれに仕事を持っているため、一日に一度、何か手伝うことはないかと桜弥のところに顔を出すだけだ。彼らは、どこか不満げで、煩わしく思っているのがよくわかった。

医学博士としてアルシェールに招かれたものの、実際の所はなんの期待もされていないということだ。

他の研究者たちが共同で大きな温室を使っている中、桜弥専用の温室を与えられたことはありがたくはあったが、ようは隔離されてしまっているだけだろう。

あまり期待されていないであろうことは予想していたが、最初はやはり落胆した。けれど、いつまでも気落ちしているわけにはいかない。

桜弥は扶桑帝国から持ってきた種を取り出し、鉢に植える。

幸いなことに温室の環境は桜弥の自由にできるため、これまで行っていた研究もそのまま続けられそうだ。自分にできることを、精いっぱいやろう。

一通りの作業を終え、温室の隅にある休憩スペースで休もうと、お茶を淹れた時だった。

「サクヤ、入っても大丈夫?」

入口から聞こえてきた声に、桜弥の胸がドキリとする。

「は、はい!　どうぞ!」

桜弥は慌てて持っていたティーカップを置き、立ち上がる。

どうしてここに……。

アルシェールへ来てから一か月。

公式な場以外でウィリアムと接する機会はほとんどないと思っていたのに。

いくら知己だからとはいえ、ウィリアムが温室を足を運んでくるとは想像すらしなかった。

「休憩中だったかな?」

笑顔で温室へと入ってきたウィリアムは桜弥の姿を見ると、少しうれしそうにそう言った。

「はい……、もう仕事に戻るところでしたが……」

ウィリアムの姿を見たことで、図らずも昂ってしまった気持ちを知られぬよう、素っ気なく答える。

休憩スペースは入り口からは見えない位置にあるので、どれくらい休憩していたかなんてわからないはずだ。

「そうか……この時間なら、休憩をしていると思ったんだけど……」

形の良い眉を下げ、落胆したようにウィリアムが言う。

「……せっかくですし、一杯お茶を飲んでいかれますか？　僕と一緒のものでよろしければ、ですが」

「ありがとう、いただくよ」

そう言うと、ウィリアムの向かいの椅子へ腰を掛けた。

結局、こうなっちゃうのか……。

桜弥は内心ため息をつきながら、お茶の用意をする。

十五時のお茶の時間はアルシェールの伝統でもあり、学院時代は定期的にお茶会という名の歓談の場が設けられていた。

ウィリアムと親しくなってから、桜弥は様々なことを教わったが、お茶の淹れ方もその一つだ。お湯の温度や蒸らす時間、茶葉の選び方。それらの一つ一つを、ウィリアムは丁寧に、実際に桜弥の前で淹れながら教えてくれた。

学院では下級生が上級生にお茶を淹れるのが習わしだったが、時折ウィリアムが淹れてくれることもあった。

『そ、そんな……上級生であるウィルにお茶を淹れてもらうなんて……！』

『そうだね、俺がお茶を淹れるのはサクヤにだけだ。どうぞ味わって飲んでくれ』

恐縮する桜弥に、ウィリアムはよくそんな風に言っていた。ウィリアムが淹れてくれるお茶はとても美味しかった。

カップにお茶を注ぎ彼の前に置くと、口をつけた。相変わらず、ウィリアムの所作はとても優雅だ。

「薬草茶か。良い香りがする。味もよく出ているね。相変わらず、サクヤは淹れてくれたお茶は美味い」

「……ありがとうございます」

嬉しいと、心が勝手に浮つきだしてしまう。

ダメだ、ウィルのペースに巻き込まれては……。

忙しいからと、失礼にならない程度に素っ気なく振る舞うつもりだったのだが徹しきれない。

うまくいかないものだな……。

桜弥も椅子に座り、先ほど淹れたお茶を飲む。

「ところで、本日はどういったご用件で？」

お茶をするためだけに来たわけではないはずだ。そう思い、ぎこちないながらも笑みを浮かべて問いかける。

「ああ、今日は晩餐を共にする日だろう？　忘れていないか、確認しに来たんだ」

爽やかな笑みを浮かべて言うウィリアムに、桜弥の動きが一瞬止まる。

「……それを伝えるためだけに、従者もつけずにわざわざこちらへ？」

週に一度、両国の親善も兼ねて晩餐を共しようと、アルシェールにやってきて間もない頃にウィリアムから提案されていた。

なんだかんだで今日までずれ込んでしまったので、心配になったのだろうか。

アルシェールは立憲君主制をとっている。政治を行うのはあくまで議会ではあるが、議会の開閉や議会制定法の裁可、各国外交官との接見等、女王の仕事は多岐にわたる。

女王の補佐をする王太子の仕事も多く、ウィリアムは執務室に籠もっているか、視察のために城の外に出ていることがほとんどだ。

予定の確認なんて、従者に任せればいいのに……。

「ちょうど研究所の方に用事があったんだ。それに、サクヤの顔も見たかったし」

桜弥はそわそわと落ち着かない気分になる。

勘違いしてはいけない、単純に異国に来たばかりの友人をウィリアムは気遣っているだけだ。わかってはいるものの、甘い笑みを向けられると心穏やかではいられない。

「今日は、君の従者の姿が見えないようだけど」

「……真之のことですか？」

「ああ、彼はサネユキというんだね」

そういえば、ウィリアムには真之のことを紹介したことがなかった。

「足りなくなった薬草を買い足しに、市場に行ってもらっています」

「薬草？　従者にそれをやらせているのか？」

怪訝そうにウィリアムが眉を顰める。

「彼は君の護衛も兼ねているのだろう？　他の者には頼めなかったのかい？」

「真之は扶桑帝国にいた頃から仕事を手伝ってくれているため、安心して任せられるんです」

薬草は種類も多く、判別にはそれなりの知識が必要とされる。

笑顔で桜弥がそう言えば、何故かウィリアムが憮然とした表情になる。

「しかし、ただでさえ護衛を兼ねた従者が一人というのは心許ないのに、その者までいないとなると君だって不便だろう？　誰かこちらで手配を……」

「お気持ちはありがたいのですが、結構です」

ウィリアムが手配してくれるとなると、おそらく人間になるだろう。かえって気を使うし、真之だけで十分事足りている。

「だが、今日のように従者がいない時に何かあっては、取り返しがつかないだろう？」

「それは、そうですが……」

招いた皇子に何かあれば、アルシェールとしても体裁が悪いだろうし、国際問題にもなりかねない。

「やはり、こちらで護衛を手配することにするよ」

「は、はい……。ありがとうございます」

「何か不便をしていることはない？　薬草を仕入れたいなら、店の人間に来るよう命じることもできるけど」

「い、いいえ。それは大丈夫です……」

あれこれと気を使ってくれるウィリアムに、警戒心が少しずつ削られていく。そうだ、ウィリアムは元々こういう人だった。見返りを求めずに、相手のことを思いやる優しさを持っている。学院にいる間、どれだけその優しさに助けられたかわからない。そして、そんなウィリアムだからこそ自分は強く惹かれたのだ。

優しくしないで欲しい。また、勘違いしてしまいそうになるから……。

ウィリアムの優しさは嬉しかったが、桜弥は同時に傷ついてもいた。

お茶を飲み終わったらしいウィリアムがふいに立ち上がり、薬用植物へ歩み寄る。

「あ……」

薬用植物は身体にほとんど害はないが、触れると炎症を起こすものもある。そのため、くれぐれも触らないようにと声をかけようとしたが、すぐに必要がないと気付く。

注意深く植物を見てはいるが、ウィリアムの手は下ろされたままだったからだ。

「丁寧に育てているみたいだね。植物たちの元気が良い」

「この温室のお陰です。ここなら扶桑の植物も育てられます。立派な温室を用意して頂き、ありがとうございます」

医学研究所から少し離れた場所にあるこの温室は真新しく、最初に案内された時にはひどく驚いた。

研究所の人間の話では、かつて王族の一人が作らせたもので、ずっと使われていなかったらしい。桜弥がこちらに来ることが決まってから、ウィリアムの命で改修したそうだ。

「扶桑帝国は気候が温暖だと聞いている。あちらと同じ薬草を育てるには、研究所の温室とは分けた方がいいかと思ってここを手入れしたんだ」

「お陰で、扶桑で行っていた研究を続けられそうです」

「アルシェールや近隣諸国の薬用植物もぜひ研究して欲しい。新たな発見があるかもしれない。研究所の畑や温室で気になった植物があれば、管理者に言うといい。君に分けるよう伝えてある」

え……？

ウィリアムの言葉に桜弥は驚く。桜弥の研究への期待と、応援したいという気持ちが伝わってきたからだ。

勿論、純粋に医学の発展を望んでいるだけなのだろうが。

「ありがとうございます。医学の発展に少しでも役立てるよう頑張ります」

ウィリアムに対する複雑な感情は捨てきれないが、これだけ良くしてくれているのだ。感謝の気持ちは持たなければならない。

「思いつめる必要はないよ、サクヤのやりたいように研究してくれていいから」

　ウィリアムの視線が、植物からゆっくりと桜弥へと向けられる。その眼差しは穏やかで、温かなものだった。桜弥の胸がいっぱいになる。

　アルシェール人は花が好きな人が多い。ウィリアムも例に漏れず学院の温室の一部を借りて自ら花を育てているくらい好きだった。桜弥も草花が好きだったため、親しくなってからは世話を手伝うようになった。

『サクヤは、緑の指を持っているんだね』

『え？』

『草花を育てるのが上手い者を、この国ではそう言うんだよ』

　ウィリアムは博識で、育てている花の根が腹痛に効くことなどを教えてくれた。

　桜弥が薬草に興味を持ち始めたきっかけだった。ウィリアムにとっては些細なやり取りに過ぎなかったかもしれないが。

　思わず視線を逸らす。

　褒められたことは嬉しかったが、幸せだった頃を思い出すのは辛かった。

　ちらりとウィリアムを見れば、桜弥の態度が意外だったのか、その顔に戸惑いを浮かべている。

「それにしても……口調も固いけど、ウィルって前みたいに呼んでくれないのはなぜ？」

「王太子になられた方に、言葉遣いを崩すなんてできません」

「十年前とは違うってこと？　気持ちも？」

すぐには、返答できなかった。

「……はい」

それでも、しっかりと桜弥は頷いた。

「じゃあ、俺がサクヤって呼ぶのも嫌かな？」

「それは、別に……自由に呼んで頂いてかまいません」

「わかった。十年も連絡すら取れていなかったんだから仕方がないね。でも、結婚もせずにアルシェールへ来てくれたってことは、全く見込みがないってわけでもないんだよね？」

「え？　それは、どういう……」

ゆっくりとウィリアムが桜弥へと近づき、その長い腕を桜弥へと伸ばした。桜弥はそれをぼんやりと見つめていた。ウィリアムの大きな手が桜弥の頬へ触れそうになる、その時だった。

「遅くなりました、桜弥様」

聞こえてきた声に、弾かれた様に桜弥は温室の入り口の方へと視線を向ける。ほどなくして両手にたくさんの袋を持った真之が姿を見せた。

「……王太子殿下？」

どうしてここに、と驚く真之を見て、桜弥は慌ててウィリアムと距離を取った。

ウィリアムはなんとも言えない、苦い表情をしている。

「……また後で」

ウィリアムは桜弥にそう言うと、踵を返して去って行った。

「何かあったのですか？」

ウィリアムを見送った後、真之が心配げに問うてきた。王太子がわざわざ桜弥のところまで足を運んできたのだ。心配にもなるだろう。

「私につく護衛の人間を増やすと言われたんだ。……今日のように、お前がいないこともあるだろうからと」

「確かに、四六時中私が傍にいられるわけではありませんからね。王太子殿下の意見に私も賛成です」

真之の表情が、穏やかなものになる。

「それを伝えるためにわざわざ足を運んで下さるなんて、桜弥様のことを気にかけてくださってるんですね」

真之の言葉に、ほんの一瞬桜弥の動きが止まる。

「昔から、優しい方なんだ。誰に対しても」

自分がウィリアムにとって特別だなんて、勘違いしてはならない。そう、もう一度戒めるように心に刻む。


温室に差し込んでいた光の量が少なくなり、いつの間にやら夜の帳が下りようとしていることに気が付く。

「桜弥様、そろそろ支度をしなければ晩餐に遅れてしまいます」

真之からも言われ、時計を確認する。晩餐の時間まで一時間を切っていた。早めに準備をするつもりだったのだが、集中しすぎてしまっていたようだ。

「ああ、急がないとまずいな……」

「片づけは私がしておきますので、桜弥様は部屋に戻りお着替えください。私も終わり次第すぐに参ります」

「悪い」

「いえ、着替えを手伝えず申し訳ありません」

真之の言葉に、「着替えくらい一人でできるのに」と苦笑する。

広い庭を小走りで抜け、宮殿の中へ入る。急いでいるからといって廊下を走るわけにはいかない。背筋を伸ばし、できるだけ優雅に足を進める。

そうして歩いている間に、ウィリアムへの不満がふつふつと湧いてくる。

そもそも、なんでウィリアムは自分に時間をとろうとするのだろう。

二人きりになったからといって、会話が弾むとも思えない。桜弥は饒舌（じょうぜつ）な方ではなく、気の利いた話題を提供することはできない。

今日だって、ウィリアムはあれこれ心を砕いてくれたというのに、自分の態度は良いとは言えないものだった。それなのに……。

ふと頭に浮かんだウィリアムの優しく、甘い笑みを思い出し、慌てて首を振る。

あんな風に微笑むなんて、反則だ……！

遊び相手でしかなかった自分に、どうしてここまで親切にしてくれるのだろう。

昔からウィリアムは何を考えているのかよくわからないところがあったが、ますますわからなくなってしまった。ただ、それも無理はない。自分たちがルームメイトとして過ごしていた日々から、既に十年が経過しているのだ。

考えを巡らせているうちに自身の部屋へ着く。

ホッと息をつく間もなく、桜弥はクローゼットを開き衣装を選んでいく。

知らぬ仲ではないとはいえ、王太子との晩餐なのだ。こちらもそれなりの格好をしなければならない。

着替え終わったところで真之が部屋へと戻ってきて、髪を整えてくれる。

「相変わらず桜弥様の黒髪は、真っすぐで美しいですね」

「そうかな？　あまり、面白みがないように思うんだが……」

金や銀、赤など、華やかな色彩を持つこの国の人々に比べて、桜弥の黒髪は地味に思えてしまう。

「自信をお持ちください。こんなに艶やかな髪を持つ人は、宮殿内でも見たことがありません。さあ、できました」

「ありがとう、真之」

準備が整った直後、ノックの音が聞こえる。真之が返事をし応対する。予想していた通り、部屋を訪れたのはウィリアムの従者だった。

「お迎えに参りました、サクヤ殿下」

「よろしくお願いします」

背筋を伸ばしてそう言えば、従者は静かに頭を下げた。

煌々と明かりが灯る広い廊下の壁には、あちらこちらに絵画が飾られている。階段や天井には職人たちによる美しい細工が施されている。桜弥は従者の後ろを歩きながら、その絢爛さに圧倒された。

長い廊下を歩き、晩餐の会場となる鳥の間の前に着いたところで、ちょうど向かい側からこちらに向かってくるウィリアムの姿が目に入った。ウィリアムも桜弥に気付いたのだろう。ほんの少しだけ歩みが早められたような気がする。

向かい合い、ウィリアムが口を開こうとした時だった。

「お待ちください！　そのように走ってはなりません！」

悲鳴のような女性の声、そしてウィリアムが歩いてきた方から、パタパタと、小さな子供がこちらへ走ってくるのが目に入った。子供はそのままギュッとウィリアムの足に両手で勢いよく抱きついた。

「え？」

子供？

三、四歳くらいだろうか。ウィリアムと同じ鮮やかな金色の髪と青い瞳を持っている。

「……王太子殿下のお子さんですか？」

ウィリアムの面影がある子供に、そんな疑問が気が付けば口から出ていた。

結婚しているという話は聞いたことがなかったが、自分が知らなかっただけなのだろうか。いや、庶子という可能性もある。

内心の動揺を悟られぬよう、必死で平静を保つ。

「違う！　甥だよ！」

何故か、ものすごい勢いでウィリアムは答えた。そして。

「ルイ、お客様の前だよ」

優しく、諭すように子供へ声をかける。

ウィリアムの弟であるエドガーは、今は植民地の総督をしているはずだ。ということは、兄であるエドワードの子だろうか。

「だって、おじうえ……久しぶりに会えたから……」

ルイと呼ばれた子供は、大きな瞳をうるうるさせてウィリアムを見上げる。そこで、桜弥の存在にようやく気付いたのだろう。

ぱあっとその表情を輝かせた。

「わあ……！　わんちゃんの獣人さんだ！　尻尾がふわふわだ！　触ってもいい？」

「ルイ！」

ルイが桜弥に近づこうとするのを、ウィリアムが軽々と抱き上げて止める。

そこに、ルイを探していたであろう女官が追いついた。

「申し訳ありません」

「いや、私を見かけて追ってきたようだ。気にしなくていい」

年の頃を考えれば、おそらく乳母だろう。深々と頭を下げる年配の女性に、ウィリアムがルイを渡す。

「ルイ、今日は約束した日ではないだろう。話なら後で聞くから」

「や、やだ！　今日は叔父上と一緒にご飯を食べる！」

幼児特有の高い声で懸命に訴えるルイの主張を、ウィリアムは聞き入れる気はないようだ。

「もう……！」

桜弥としては、ルイの同席はかまわなかった。むしろ、ウィリアムと二人きりにならずに済むため歓迎したいくらいだ。だが、部外者である自分が口を出すべきことではない。

ウィリアムに何を言っても無駄だと思ったのか、ルイは柔らかそうな頬を思い切り膨らませた。けれど、それも長くは続かず、興味津々といった顔で桜弥を見る。

「獣人さん、お名前は？　何？」

愛らしく首を傾げたルイに、桜弥の表情は自然と緩んだ。けれど、自己紹介をしようとしたところで。

「ルイ、相手に聞く前に自己紹介をするべきだろう」

ウィリアムに諭すように言われたルイが、ハッとした表情をする。そして、自分を抱える乳母に下ろすよう頼んだ。

「初めまして、ルイ・アルシェールです。五歳になったばかりです。よろしくお願い致します」

ルイは右足を引き、右手を胸に添え、左手を斜め下に差し出す、この国の貴族男性の伝統的な挨拶を行った。さすが王族というべきか、その姿はとても様になっていた。

「初めまして、春ノ宮(はるのみや)桜弥です。扶桑帝国より来ました。こちらこそよろしくお願い致します」

桜弥は背筋を伸ばして立礼する。

「フソウ？　獣人のお国の？　フソウの人は、みんなサクヤ……様みたいなお耳を持っているの？」

「はい、多くの者がそうです。でも、人間も住んでいます」

「ルイ、話がしたい気持ちはわかるが、晩餐の時間だ。サクヤと話がしたいのなら、後日時間をとってもらえないか聞くといい」

ウィリアムが会話を遮り、乳母に視線で合図を送る。すると、後ろに控えていた乳母が

ルイの身体をさっと抱き上げた。

「こんど、お話ししてくれる?」

「はい。ぜひ、お話ししましょう」

桜弥がそう言えば、ルイは納得したのかこくりと頷いた。そして、小さなその手を桜弥へと振る。つられるように、桜弥もルイに手を振り返した。乳母に連れて行かれるルイの姿が見えなくなるまで見送った後、ウィリアムに促されて鳥の間へ入った。

一日の食事のメインである晩餐は、アルシェールにおいて重要な意味を持っている。出される料理は、料理人たちが時間を費やして作り、食べるのにもゆっくりと時間をかける。フォーマルな服装で、白いクロスがかけられたテーブルの上に一皿ずつ運ばれてくる豪奢な食事を順番に口にしていくのだ。

最近では、貴族階級でもシンプルな夕食に切り替えている家は多いそうだが、伝統を守るのもまた王室の仕事なのだと、ウィリアムが苦笑する。

「あの……なぜルイ殿下が食事に同席することを認めなかったのでしょうか?」

オードブルが運ばれてきたところで、桜弥は目の前に座るウィリアムに、疑問に思っていたことを口にする。

「あんなに殿下と一緒に食事をしたがっていたのに……」

可哀そうではないかと、言外にそう伝える。

「確かに俺が命じてルイの席を用意させることはできるけれど、いろいろな人間の予定が変わってしまう。仕事が増えれば、トラブルにつながりかねない」

上に立つ者として、ウィリアムは極力それを避けたいのだろう。

「何より、理由もなく我儘を聞き入れてしまえば、これからも同じように聞き入れさせようとするだろう。それは、ルイにとっても良くない」

「それはそうですが……」

今回だけは特別だと、それすらも許されないのだろうか。ウィリアムの言っていることは正論だが、引っ掛かりを覚えた。

ウィリアムも、それがわかったのだろう。

「ルイは兄上に似て身体があまり強くない。だから、食事にも細心の注意が必要なんだ」

想像していた通り、ルイはエドワードの息子だったようだ。

エドワード・アルシェール、前王太子であったウィリアムの兄は、三年前に流行り病により亡くなっていた。穏やかな性質で、彼も獣人である桜弥に全く偏見を持たなかった。

生まれついて身体が弱く、それこそ成人までは生きられないとすら言われていたそうだが、学院時代に桜弥が会った際は健勝な姿を見せてくれていた。

ルイは五歳にしては小柄だった。きっとエドワードの体質を受け継いだのだろう。

「ルイ殿下の母君はどうされているんですか？」

「産後の肥立ちが悪く、長い間療養していたが、二年前に肺の病で亡くなった。だから、今は俺がルイの後見人になっている」

ルイの同席が許されなかったことに関しては納得ができた。でも、ウィリアムに諭された時の不満げな表情を思い出すと、どうにも胸が痛んだ。

「殿下は、どれくらいの頻度でルイ殿下と食事をされているのですか？」

気になった桜弥は、ふとそんな質問をしてみる。

「月に一度くらいだね」

「は、はい？」

ウィリアムの返事に、スプーンを落としそうになる。

「月に一度って……あまりにも少なすぎませんか？」

桜弥とは週に一度、晩餐の時間を取ろうとしているのに。

「そうかな？　月に一度きちんと時間を取っているのだから問題ないと思うんだけど。別に、ルイに会うのは食事の時間だけではないんだし」

桜弥とは感覚が違うのか、どうもピンとこないようだ。

そういえば家族と食事を一緒にすることは、公式の場以外ではほとんどないと話していた気がする。そんなウィリアムからしてみれば、月に一度でも食事の時間を私的に設けているのは十分過ぎるくらいなのだろう。

これがアルシェール王室の方針なのだとしたら、部外者である桜弥が口を出すのは余計な世話だろう。ただ、ルイは身体が弱く、しかもこの年齢で既に両親を亡くしている。寂しくないはずがない。

ルイにとってウィリアムは父親のような存在のはずだ。もう少し一緒にいる時間を作ってあげられないものだろうか。

「あの、ルイ殿下の予定はどれくらい前から決められているのでしょうか？」

「だいたい、二週間前には決まるけど……」

「それなら、再来週からこの場にルイ殿下の席も用意して頂けませんか？」

「は？」

桜弥の言葉は、予想していなかったのだろう。ウィリアムが眉間に皺を寄せた。

「この場は、俺と桜弥の交流のために設けているんだけど……」

「両国の王族の交流のためなら、ルイ殿下にも参加する権利はありますよね？　客人である僕の意見は、聞き入れられませんか？」

にっこりとほほ笑み、丁寧に主張してみる。ウィリアムは、少し驚いたような顔をした。

「……わかった。桜弥の希望なら、致し方がないな。ルイには、俺から話しておくよ」

「ありがとうございます！」

素直に礼を言えば、ウィリアムも頬を緩めた。向けられる優しいまなざしに、慌てて桜弥は食事へと視線を移す。

「仕事をする上で、何か困っていることはない？」

昼間と同じ質問をされ、桜弥は眉を寄せた。

桜弥の事を気にかけてくれるのは嬉しいが、他に話すことがないのではないかと思えてくる。

「助手としてつけた二人は、ちゃんと桜弥の手伝いをしてくれているか？」

「え？」

「温室で見かけなかったから、少し気になっていたんだ」

桜弥が彼らに頼みごとをすることは滅多にない。

自分たちの研究で忙しい、余計なことは頼むなという雰囲気を醸し出している彼らに、何か頼む気にはなれないからだ。扶桑帝国の薬学は、この国の医師たちには全く認められていないのだ。

「何か仕事を頼まれているわけではありませんし、興味がない研究に付き合わせるのは気が引けますので」

　ウィリアムに言っても仕方がないことだとはわかっているが、思わず嫌味っぽい言葉を返してしまう。

　けれど、表情を曇らせたウィリアムを目にして、罪悪感が湧いてくる。

「すみません、嫌な言い方をしました。人手が必要になれば手伝ってもらうので問題ありません。薬草の研究自体が、この国ではもう古いものとされつつあるので、興味を持つのは難しいでしょう。勿論、私は代替薬の研究を止めるつもりはありませんが」

　富裕層でないと薬を手に入れられない状況をなんとかしたくて始めた研究だったが、既存の薬が体質に合わない人の救済に繋がったりもした。

　決して無駄ではない研究だと思っている。

　ウィリアムは何か考える素振りを見せた。

「子供が飲みやすい薬を作ることは、桜弥の研究範囲に入るのかな？」

「え？」

　ウィリアムの言葉は、意外なものだった。

「大体の薬は大人でも飲むのに苦労するほど不味いだろう？　子供に飲ませるのは大変だと聞く。少しでも飲みやすくなるよう、味を改良して欲しいんだ」

「もしかして、ルイ殿下のことですか？」

ウィリアムの身近にいる子供と言えばルイしかいない。身体が弱いのなら薬を飲む機会は多いだろう。

「ああ、乳母が手を焼いているそうだ。特に熱冷ましの薬を嫌がるらしい。蜂蜜を混ぜてみたり、工夫しているらしいんだが」

「獣人の僕が作ってもいいのでしょうか？」

王孫が飲む薬だ。王太子であるウィリアムの頼みなら研究所の人間だって無下にはしないだろう。だが、ウィリアムは不思議そうに首を傾げる。

「もちろん処方には研究所の認可がいる。……扶桑で医師免許を得ているなら問題ないかと思ったんだけど、何か違いが？」

「い、いえっ。そういうわけではありません。やってみます」

慌てて視線を逸らす。哀れみからの依頼だったとしても、ウィリアムに頼られたのが嬉しかった。だが、それを悟られたくはなくて、必死に表情を取り繕う。ウィリアムとは距離を保った付き合いをしたいからだ。

けれど、身体は正直なもので。気を抜けば尾が動いてしまう。

不規則に揺れる桜弥の尾を、微笑ましくウィリアムが見つめていることに、桜弥は気付いていなかった。

＊＊＊

ウィリアムからの依頼は、予想外に難航した。

助手の一人に王族が熱冷ましに処方される薬について教えてもらい、実際に作って飲んでみたが苦いだけでなく、使っているピオニ草独特のえぐみと酸味で非常に飲みずらかった。乳母が試してみたように蜂蜜を混ぜてみたところ、甘みを加えたことでかえってえぐみが際立ち、ひどい味になってしまった。

ピオニ草は熱冷まし以外にも使われているが、ここまでひどい味ではなかったはずなのに。他の薬草の影響だろうかと片っ端から組み合わせを試してみているが、使っている薬草の種類が多いせいでなかなか特定に至らず、煮詰まりつつあった。

普段は自分の部屋と研究室と温室を行き来をするだけの生活を送っているが、その日は久しぶりに晴れ間が広がっていたこともあり、昼食後に気分転換でもしようと桜弥は真之を連れて宮殿の中庭まで足を延ばした。

学院時代、宮殿の中庭のことはウィリアムによく聞いていた。季節によって種類は変わるが、一年中様々な花が咲き乱れており、素晴らしく美しいのだと。桜弥も絶対に気に入るだろうから、いつか招待しよう。そう言ってくれたこともあったが、その日がくることはなかった。

ウィリアムとのことは、とうに終わったことだ。扶桑帝国に帰ってからは、意識して考えないようにしていたこともあるが、こんな風に彼の言葉を思い出すこともなかった。

だけど、アルシェールに来てからというもの、ちょっとしたことで、ウィリアムとの日々を思い出してしまう。

……こんなに、自分が未練がましいとは思わなかった。

これでは気分転換の意味がないと小さく首を振って思い出を頭から追い出し、庭の花々へ目を向ける。暖かいこの季節、草花はたくさんの光を浴び、とても嬉しそうに見えた。ひらひらと蝶が花の周りを舞っている。

「あ！」

小道を歩いていると、甲高い、けれど聞き覚えのある声が遠くに聞えた。

頭の上の耳がピンと反応し、桜弥は声が聞こえた方へと身体を向ける。

道の先で、ルイが大きく手を振っているのが見えた。

駆けだそうとしたルイを、慌てて乳母と護衛が止めている。

桜弥はルイたちに歩み寄る。

「こんにちは、ルイ殿下」

「こんにちは、サクヤ様」

「サクヤ様も、お散歩？」

偶然とはいえ、会えたことを嬉しく思ってくれているのだろう。きらきらとした可愛らしい笑顔で、ルイが言う。

「はい。今日はとても天気が良いですから」

「ねえサクヤ様、僕のお部屋にきてくれない？」

「ルイ殿下の部屋へ？　……いいのでしょうか？」

そこまで自分が立ち入って良いのだろうか。

乳母に視線を向ける。

「はい。ルイ殿下は、サクヤ殿下とお話ししたいとずっと仰っておりました。何の問題もございません」

急ぎの仕事なんてあるわけもなく、気分転換に中庭に来ただけだから時間はあった。

「それでは、お部屋にお邪魔してもいいですか？」

「はい！」

ルイが嬉しそうに満面の笑みを浮かべる。ルイにつられるように、桜弥もその頬を緩めた。

案内されて向かったルイの部屋は、二階の奥まった場所にあった。

光が入りやすいよう設計されているのだろう。白いに近いクリーム色が壁に使われていることもあり、部屋は全体的に明るかった。そしてあちらこちらに玩具があった。

「サクヤ様、テラスに行こう！」

テラスへと案内された桜弥は、勧められるままアンティークなデザインの椅子に座った。

ルイも、桜弥の向かいの椅子にちょこんと腰を掛ける。

だが、向き合ったところで、どう話し出せば良いのかわからなくなったようだ。

さっきまでの積極性はどこへやら、もじもじしながらこちらを窺っている。

「ルイ殿下にお願いがあります」

「お願い？」

「はい、僕とお友達になってくれませんか？」

「え!?　お友達？」

よほど驚いたのだろう。突然のお願いに目を丸くした後、頬を紅潮させながら何度もうなずいてくれる。

「ではこれから僕のことは『サクヤ』と呼んでくれる？　僕も殿下ではなく『ルイ』と呼んでいいかな？」

「うん、いいよ。でも、どうしてお友達になると『サクヤ』と『ルイ』になるの？」

「仲良しだとそう呼んでいいんだよ」

「仲良し……。そっか、だから叔父上はサクヤを『サクヤ』って呼ぶんだね。あれ？　でもサクヤは叔父上を『ウィリアム』って呼ばないのはどうして？」

ルイが話しやすくなるよう提案したことだったのに、思わぬ指摘に内心ドキドキしてしまう。

「お、王太子殿下を名前で呼ぶのは、もっともっと仲良くなってからじゃないといけないんだよ。それより、僕とずっとお話ししたかったんだって？」

まだ幼くて良かった。強引に話題を変えたが疑問には思わなかったようだ。

「サクヤのお耳は、人間よりずっと遠くの声が聞こえるって本当？」

「本当だよ。ルイがもっと小さな声でしゃべっても聞こえるよ」

「じゃあ……これわかる？」

ルイが口を手で覆って、ポソポソと話す。

「『今なんて言ったかわかる?』だね」

「すごい！　当たってる！　悪口言ったらばれちゃうね！」

「ルイ様、サクヤ殿下に失礼です。そのようなことを言ってはなりません。申し訳ございませんサクヤ殿下」

乳母がルイに注意する。

「大丈夫だ」

ルイに悪気がないことはわかっている。

桜弥は安心させるように乳母に声をかけると、ルイの顔を見てニッと笑う。

「そうだよ、悪口なんて言ったら全部聞こえちゃうから。気を付けるんだよ」

「うん、わかった！」

色々な音が混じるところではそうでもない、という事は伏せておこう。

純粋に感心されるのがなんだかむず痒くて耳をかけば、ルイと目が合った。

「サクヤのお耳はさらさら？　ふわふわ？　それともごわごわしてる?」

「……触ってみる?」

「いいの!?」

桜弥の提案に、ルイの声が一段と高くなる。

「ギュッとされると痛いから、そっと触ってね。約束できる？」

「約束する！」

即答され、思わず吹き出しそうになる。

テーブルに身を乗り出すようにして身体をかがめると、ルイは小さな手を伸ばし、優しく桜弥の耳に触れた。

「やわらかくて、ふわふわだ！」

よほど感動したのか、自分の小さな手のひらと、桜弥の耳を交互に見ている。

「ありがとう、サクヤ」

「どういたしまして」

きちんと礼を言うルイに、桜弥も笑顔を返す。

「失礼いたします」

白磁のカップに、琥珀色の紅茶が注がれていく。花びらを少し混ぜたのだろう、ジャスの花のさわやかな香りが鼻孔をくすぐる。

見れば、砂糖をスプーン山盛りに三杯ほど入れている。テーブルの上には、マドレーヌとマカロンも並べられた。

子供らしく、甘いものが好きなのだろう。

やはり、薬はルイが口にしやすいように甘くした方が良さそうだ。

お茶とお菓子を楽しみながら、ルイは色々な話を桜弥にしてくれた。

昔から動物の出てくるお話がとても好きで、世界には獣人と言われる動物の耳や尻尾を持った人間がいることを知り、とても嬉しかったこと。

東の国から獣人の国の皇子が来ると聞いて、とても会いたかったのに熱が出て歓迎パーティーに出られなくなってしまって悲しかったこと。

「ウィリアム叔父上から、サクヤのことをたくさん聞いていたから、会えてとても嬉しいんだ」

え……?

桜弥は思ってもみなかった言葉に、呆けたようにルイを見つめてしまう。

「お話し中、失礼いたします。ルイ様。そろそろ歴史の授業の時間です」

桜弥がどんなことを聞いたのか問う前に、乳母がルイに次の予定を伝える。

時計を確認すると、ほんの少しお邪魔をする予定だったのに、既に二時間以上が経過していた。

「もうこんな時間だったのか……ルイ、僕もそろそろ仕事に戻るね」

「もっとお話ししたい……」

ルイの言葉は嬉しかったし、ウィリアムが自分のことをどんな風に話していたのかは気になったが、授業をサボらせるわけにはいかない。

「同じ宮殿に住んでるんだから、またすぐに会えるよ。ルイに会えるよう、王太子殿下に僕からも頼んでみるね」

桜弥がそう言えば、ルイの表情がパっと明るくなった。

「本当に？　約束してくれる？」

「うん、約束するよ」

「……友達は、抱きしめてもいい？」

ルイが、少し恥ずかしそうに言う。

アルシェールではキスやハグでの愛情表現が一般的だ。だが、王子であるルイと気軽にスキンシップができるのは今の所国王夫妻やウィリアムくらいだ。だからルイは、ためらったのだろう。

幼いルイの寂しさが透けて見えるようで、胸が締め付けられる。名ばかりであっても、皇族でよかったと心から思う。

「勿論」

桜弥は、その小さな身体を優しく抱きしめた。

けれどその瞬間、ルイからかおったにおいに違和感を覚えた。

香水とも違う、薄荷(はっか)を腐らせたような独特なにおい。嗅覚の鋭い獣人でなければ、気付かないほどかすかなものだが、このにおいには覚えがあった。

どこで嗅いだのだろう。アルシェールに来てからではないはずだが。

「……サクヤ?」

抱きしめたまま、硬直してしまった桜弥に、不思議そうにルイが問いかけた。

「あ、ごめん……なんでもないよ。また会おう」

ルイの身体から身を離す。

部屋の隅に控えていた真之と共にルイの部屋を出て、自身の研究室へと足を向ける。

先ほどのにおいが、やけに気になって頭から離れなかった。

＊＊＊

週に一度のウィリアムとの晩餐は、正直に言えば桜弥にとって気が重たいものだった。

けれど、今日の晩餐はとても楽しみにしていた。

「サクヤ！」

先に着き、椅子に座って待っていると、ウィリアムとルイが共にやってきた。

桜弥を見つけたルイが、嬉しそうに駆けてきた。

椅子から立ち上がり、ルイの身体を抱きしめる。

その瞬間、やはりあの薄荷が腐ったようなにおいがした。気になったが、ルイの体調は悪くなさそうだったので意識の外においやる。

「こんばんは、ルイ」

「こんばんは！　あのねサクヤ、今日ね、叔父上が一緒にご飯食べてもいいって！」

「うん、一緒に頂こうね」

ウィリアムの従者伝てに、今週の晩餐にルイを参加させると連絡があったのは、先週の事だった。

そういえば、肝心のウィリアムに挨拶をしていなかったと、桜弥はルイの隣に視線を向ける。

「こんばんは、王太子殿下。今日は僕の希望を叶えて下さりありがとうございます」

桜弥がルイに目配せをすれば、頬を薔薇色に染めてぎゅっともう一度抱きつかれる。

「こんばんはサクヤ、しばらくぶりだね。それにしても……二人はいつの間に敬称なしで呼び合うほど仲良くなったんだ？　ルイを可愛がってくれるのは嬉しいが、なんだか少し妬けてしまうな」

「え……？」

微笑みながら意味ありげに見つめられ、桜弥は焦った。

じょ、冗談だよね……？

「サクヤ、今日のデザートはプッティングが出るんだよ！　サクヤはプッティング好き？」

「う、うん。好きだよ」

ルイの無邪気な声が天の助けに思えた。このままなかったことにしてしまおう。

「そろそろ、席に着こうか。王太子殿下も、よろしいですか？」

「そうだね。話は食事をしながらでもできる」

ウィリアムからの視線を感じたが、桜弥には応え方がわからなかった。


さすがと言うべきか、幼いながらもルイのテーブルマナーは完ぺきだった。子供にありがちな、おしゃべりに夢中になるあまり食事が進まないという事もなく、会話を楽しみながらもきれいに目の前の皿を平らげていった。

けれど、オレンジがのったフルーツケーキが出されると、ルイの食事のペースが落ちた。よくよく見てみれば、一口かじったオレンジが、皿の隅に寄せられている。

……オレンジ、嫌いなのかな？

ウィリアムもルイの様子に気付いたのだろう。やんわりと注意する。

「……ルイ、好き嫌いはよくないよ」

「いらない」

ルイにしては珍しく、はっきりと拒絶する。

せっかくの楽しい食事の時間が、嫌な記憶になって欲しくなかった。

好き嫌いなんて誰にでもあることで、幼い子供ならなおさらだ。最初から避けるのではなく、一口齧（かじ）っただけでもえらいと思う。

「無理に食べさせなくてもいいのではないでしょうか。子供は味覚が敏感だと聞いたことがありますし、かえって嫌いになってしまうかもしれません……」

自分が出しゃばるのは良くないことだとは思いつつも、ルイがかわいそうで口を挟んでしまった。

「前はちゃんと食べられていたんだ。……ルイ、オレンジが嫌いになったの？」

「そうなのルイ？」

「このオレンジ嫌い。だって、苦いんだもん……」

ルイの言葉に、桜弥は首を傾げる。オレンジは甘酸っぱく、苦さは全くない。毒見はしているし、オレンジ自体三人とも同じものを使っているはずだ。

「ルイ、そのオレンジもらってもいいかな？」

「いいよ」

「俺にも取り分けてくれ」

桜弥がルイに言えば、ウィリアムもそれに続き、使用人に一口分ずつ取り分けてもらう。

やはり、甘酸っぱさはあれど苦みは全く感じられない。ウィリアムを見れば首を振られ、ルイに視線を戻す。

「僕には甘酸っぱく感じられるんだけど、苦い以外にはどんな味がする？」

「え～？　甘いけど苦いよ？」

「甘くて、苦い？」

桜弥は逡巡し、さらにルイに問うてみる。

「ルイ、最近他に嫌いだなっと思う食べ物はある？」

桜弥の問いに、ルイは少しだけ考えて。

「うーん、ブルーベリーとパイナップルと……あとはいちごと……」

「全部苦くていやだな、と思ったの？」

「うん」

酸味のあるものばかりだ。

酸味を、苦く感じる……？

身体が弱いとはいっていたけれど、何か病を患っているのだろうか。

「王太子殿下は、ご存じでしたか？」

「いや、知らなかった。乳母は、デイジーはいるか？　いつからだ？」

部屋の隅に立っていたデイジーは、青ざめた顔でウィリアムの前に歩み出ると、深々と頭を下げた。

「申し訳ありません。最近酸味のあるものをあまり好まれないことは存じておりましたが、苦いと感じられているとは気付きませんでした」

「そうか。これからは些細な変化でも報告するように」

「承知いたしました」

ウィリアムはさらに、後で主治医のロベルトにルイを診せるように指示をする。

ふいに、心配そうに瞳を揺らすルイと目が合う。

しまった、すっかり目の前のことに気を取られてしまった。自分の発言に何か問題があったことは子供でもわかるだろう。

桜弥は笑顔を作る。

「ルイの乳母、デイジー？　は気付いてなかったみたいだけど、これまでは我慢して食べてたの？」

「うん。叔父上が残すのはダメだよって言ってたから。でも、あのオレンジは無理……」

「そっか、それくらい苦かったんだね。王太子殿下、もしかしたら子供にだけ苦く感じるオレンジなのかもしれません。残しても良いのではないでしょうか？」

「ああ、そうだね。ルイ、このオレンジは残していいよ」

「本当？」

ルイの表情に笑顔が戻り、空気が穏やかになった事に安堵しつつも、嫌な予感で頭がいっぱいになる。

薄荷が腐ったようなあの独特なにおい、そして味覚の異常。

「まさか……猩炎病（しょうえんびょう）……」

かつては不治の病と言われていた猩炎病は、初期症状が風邪と似ているため見分けづらい。微熱や咳、腹痛に下痢などが長期に渡って続くうちに体力がなくなり、ついには命を落としてしまう病だ。

体力のある大人であれば自然と完治することもあるが、老人や子供の場合、薬を飲まなければ死亡率は高い。

ただ、聴覚や嗅覚に優れている獣人の医師にとって、猩炎病の診断は比較的簡単だ。薄荷が腐ったような独特のにおいがするからだ。薬がなかった頃は既存の薬では治らず、さらに人に感染する病のため判明次第隔離し、治るのを祈るしかなかった。

治療薬ができたのは偶然だ。たまたま同時に神経痛を患っていた患者に痛み止めを処方したところ、高熱を出したものの症状が改善したのだ。

その後の研究で痛み止めに使っていたスベリナギを中心に、複数の薬草を患者の容体に合わせて処方するのが一般化された。

それでも治療が遅れれば命を落とす危険があり、恐ろしい病であることは変わらない。

# 4

猩炎病は初期症状こそ風邪とよく似ているが、中期になると味覚障害や粘膜に白い発疹が出たりする。そして末期に近づくにつれ、点々と皮膚が日焼けしたように赤くなっていく。赤みが肌を覆いつくしてから二十四時間以内に投薬ができなければ、八割の確率で助からず、助かってもなんらかの後遺症が残ってしまう。そのため発見次第すぐに治療を開始するのが望ましい。

桜弥はルイが猩炎病かもしれないことを、ウィリアムに伝えるべきかどうか悩んでいた。主治医の診断に異を唱えることになってしまうからだ。

身体が弱いルイには優秀な宮廷医師が付いているだろう。それに、猩炎病の患者に必ずしも味覚障害が出るわけではない。自分の専門は薬草の研究であり、臨床に関しては医学生だった頃に一通り学んだだけだ。自分の診断が間違っている可能性だってある。

そこまで考えた時、桜弥はふとひらめく。

いっそルイの主治医に相談してはどうだろうか。同じ医師として冷静に話を聞いてくれるかもしれない。主治医の気分を害してしまうかもしれないが、治療が遅れてしまうよりよっぽど良い。

桜弥はさっそくルイの主治医を調べるよう真之に頼み、面会の約束を取り付けることにした。

ルイの主治医であるロベルトは、王立の医科大学を優秀な成績で卒業した子爵位を持つ若い男性だ。

そのせいか、あからさまに態度に出すことはなかったが、獣人への差別感情を少なからず持っているようだった。豪奢な内装の研究室の机に座ったロベルトは迷惑そうな表情を隠さなかった。

「それで、お話とは？」

「ルイ殿下は、猩炎病ではありませんか？」

そう言った瞬間、ロベルトの眉間に皺が寄る。

「いったい何を……？　ルイ殿下が猩炎病である可能性は低いと思います。ルイ殿下に接する人間は限られています。罹患する可能性は低いでしょう」

「猩炎病は体力のある大人であれば、ちょっとした風邪で終わる方もいます。罹患した人と接触していないとは言い切れないのではないでしょうか」

　桜弥が食い下がれば、ロベルトがため息をついた。

「少しでも体調の悪い者は治るまでルイ殿下の傍を離れます。サクヤ殿下は、誰かお疑いなのでしょうか？」

　ロベルトの言葉にハッとする。ルイが猩炎病に感染したということは、態勢に問題があるということだ。けれど、それを追求したいわけではない。

「誰かを疑っているわけではありませんし、追求するつもりもありません。ルイ殿下は最近酸味を苦く感じるようになったと言っていました。味覚障害は猩炎病の中期に見られる症状です」

「ルイ殿下は先日まで熱を出されていました。その影響によるものでしょう。それに味覚障害があるからといって、猩炎病とは限りません」

　ロベルトの言う事はもっともだ。味覚障害はにおいによる診断を裏付ける症状でしかない。信じてもらえるかはわからないが、においのことを伝えるべきだろう。

「扶桑国では聴覚や嗅覚といった五感による診断『感診』を重視しています。医師になる際は様々な病のにおいや音を覚えさせられます。ルイ殿下からは猩炎病患者のにおいがします」

「においが……？」

「はい。獣人は感覚が鋭いので。他の獣人医師に聞いても同じことを言うはずです」

ロベルトが明らかに馬鹿にしたような、嘲るような表情になった。

「それは素晴らしいですね……病をにおいで見つけられるようになったら医学にとって大きな進歩になるんじゃないでしょうか」

おそらく、本気にしていないのだろう。扶桑帝国に移住した人間も、最初は懐疑的な目で見る者が多かったと聞く。

「この国では猩炎病かどうか、どのように診断するのでしょうか」

「風邪のような症状に加え、肌が赤くなることでわかります」

「つまりそれは……末期になるまでわからないということでしょうか？」

「そうなります。現在の医療では初期のうちに診断する方法はありません。それに猩炎病だとわかっても治療薬はありません。自然に完治するのを待つしかないのです」

桜弥は唖然とする。まさか医療でも最先端をいくアルシェールで、初期に診断がつかないだけではなく治療薬がないとは思いもしなかった。

「薬はあります。扶桑では猩炎病は治る病気です。材料があれば僕でも作れます」

「まさか……。薬には何を使っているのですか？」

「主にスベリナギ使います」

「聞いたことがありません。アルシェールにもある植物でしょうか?」

アルシェールと扶桑では気候も植生もまったく違う。知らない薬草があって当然だ。

薬を作ろうにもこの国では材料を探すところから始めなければならない。それなら扶桑から薬を取り寄せた方が早いだろう。

「扶桑の診断方法や、知らない薬を信用できないのはわかります。けれどどうか、猩炎病の可能性を考えてください。体力があるうちに、治療を行わないと手遅れになります」

「お話はわかりました。けれど、私の一存で治療法は決めかねます。次の医療会議で承認を得ないといけません」

「そ、それでは……」

それでは遅いと言いかけたところで、部屋の扉がノックされる。

「申し訳ありませんが、次の予定があります」

話は終わったとばかりにロベルトが立ち上がる。

これ以上話しても無駄だろう。桜弥は逆らわず退室した。

ウィリアムによって新しくつけられた桜弥の護衛は、若いながらも剣の腕が立つらしい。昨年の剣術大会の優勝者だという。礼儀正しく、桜弥の護衛になったことも名誉に感じているようだった。獣人への嫌悪も見られない。

とはいえ、四六時中一緒にいられるのにまだ慣れず、自室にいる時には下がってもらっていた。

……ダメだ、どうも集中できない。

真之に街で買ってきてもらった医学書は、以前から興味があり、わざわざ注文していたものだ。けれど、先ほどから文字を追ってはいるものの、どうもスムーズに頭の中へ入ってこない。

「……ルイ殿下の件で、お悩みですか？」

「え？」

ため息をついた桜弥に、真之が声をかけてきた。

真之にはルイが猩炎病の恐れがあると事前に話してあった。そして、ロベルトからあまり良い返事がもらえなかったことも。

「僕に口を出す権利はないことはわかっている。だけど、目の前に患者がいるかもしれないのに適切な治療を施せないのは、医療者として見過ごせない」

「宮廷医師が頼りにならないのなら、他を頼ってはいかがですか?」

真之が、桜弥の机の上にカップを置く。飲みやすいように少し冷ましてくれたのだろう。カップは温かかったが、湯気はほとんど出ていなかった。

「え?」

「例えば、王太子殿下とか」

桜弥があからさまに嫌な顔をしたのを見ても、真之は涼しい顔をしている。

ウィリアムはルイをとても可愛がっているため、甥の身体に関わることならば無下にはしないだろう。

けれど、これまで素っ気ない態度を取っていたこともあり、自分の口からは頼みづらい。

「無理だよ……聞いてくれるわけがない」

「そうですか? 私はそうは思いませんが」

真之には素っ気なくしている理由を話してはいないが、過去に何かしらあったことは察しているはずだ。だからこそ、当初はウィリアムのことも警戒していたようなのに。

まあ……ウィリアムの態度を見ればそうなるよね……。

ウィリアムは事あるごとに気遣いを見せている。

「王太子殿下に相談できないとなれば……もう、忘れてしまうことです」

「は？」

さらりと告げられた真之の言葉に、思わずあんぐりと口を開けてしまう。

「忘れるって……できるわけがないだろう！　お前、冷たくないか？」

「当たり前です。私にとって一番大切なのは桜弥様なんですから、余計なことに首を突っ込んで頂きたくありません」

真之の立場であればそう思うのは当然だろう。けれど。

「それでしたら、やはり王太子殿下に相談されてはどうですか？」

桜弥が納得していないことは真之にもわかったのだろう。もう一度、ウィリアムの名を出した。

「何か困ったことがあったらいつでも言って欲しいと、桜弥様に言っておられましたが」

「確かに言っていたけど、怒らずに聞いてくれるかな……」

ウィリアムなら扶桑帝国の医療に頼ることにも抵抗を持たないかもしれない。けれど、甥が不治の病であると聞いて落ち着いていられるだろうか。

「私は王太子殿下のことは良く存じ上げませんが。理不尽な方ではないと思います」

確かにウィリアムは常に冷静に物事を判断する人だ。学院時代、面倒見の良いウィリアムが同級生や後輩のトラブルに巻き込まれた時も落ち着いて対処していた。

きっと大丈夫だと思うのに、それでも二の足を踏んでしまうのは桜弥側の問題だ。ようは怖いのだ。ウィリアムを頼り、断られ、傷つくのが。

「ルイ殿下のことを本当に思うのならば、なりふり構ってなどいられないはずです。けれどそうでないのなら、忘れた方がいいでしょう」

真之の言葉に、後頭部を殴打されたようなショックを受ける。

ルイを助けたいと言いながら、手段の一つを放棄しているのだ。そう言われても仕方ない。

「……王太子殿下に、話をする時間を作ってもらえないか、手紙を書くよ」

明日、王太子殿下に渡して欲しい。

桜弥がそう言えば、どこかほっとしたような顔で真之は頷いた。

「あ、あと猩炎病に関する資料と薬の材料を、扶桑帝国から取り寄せてくれ。できれば種も。用意しておいた方が良いと思うんだ」

「最短の日程で届くよう領事館に働きかけてみます」

ロベルトの態度を見るに、口頭の説明だけでウィリアムに納得してもらうのは難しいだろう。だからこそ、できる限り猩炎病の資料を用意する必要があった。

一刻も早くルイの治療にあたれるよう、準備をしないと。

＊＊＊

多忙にもかかわらず、ウィリアムは翌週に時間を作ってくれた。

午後のお茶の時間であったため、庭に出された白いテーブルの上にはマフィンやパイも並べられている。

学院時代、休日にウィリアムとこんな風にお茶の時間を過ごしたことを思い出す。

「それで？　何か話したいことがあるということだったけど？」

優雅な仕草でティーカップに口をつけたウィリアムが、静かに問われ、現実に引き戻される。

「ルイ殿下のことです……」

「ああ。先日も庭で遊んだという報告を受けたよ。あの子は身体が弱いこともあって、部屋に引きこもりがちだったんだ。だけど最近はサクヤに会いたいのと、草花に興味を持ったようで、外に出るのを楽しみにしているみたいだ。昨日なんて、草花の本が欲しいとねだられた。サクヤのお陰だ」

にっこりとウィリアムが桜弥に笑いかけた。その表情はとても優しいもので、ルイのことを気にかけているのがよくわかる。

「それで？　ルイがどうかした？」

「お伝えしようかどうか僕も迷ったのですが、どうしても気になったのでお話しさせてください」

桜弥の口調から、話の内容の深刻さを感じ取ったのだろう。ウィリアムの表情から笑みが消えた。

「ルイ殿下は、猩炎病の可能性が高いと思います」

「ルイは風邪をひきやすい。でもそれは身体が弱いからだ」

やはり、すんなりとは信じてもらえなかった。

「しかし……」

「これは一部の宮廷医師しか知らないことだから内密にして欲しいんだけど、ルイは肺真病なんだ。生まれつき肺が弱いから、風邪を引きやすいという話だ」

確かに、肺真病も猩炎病と同様に風邪と似た症状が出る。けれど、肺真病であれば体調の良し悪しにかかわらず息が続かないため、運動すら困難なはずだ。ルイは初めて会ったときも、晩餐の時も駆けていたが、息苦しそうにはしていなかった。

「サクヤがルイのことを気にかけてくれていることはありがたいけど、心配しすぎだよ」

ロベルトがルイの病に関して何も言わなかったのは、おそらく守秘義務があるからだろう。ウィリアムは桜弥を安心させるためにわざわざ伝えてくれた。信頼されていることは嬉しかったが、引き下がるわけにはいかない。

「いえ……ルイ殿下は、猩炎病です」

桜弥が自身の意見を曲げないとは思いもよらなかったのだろう。ウィリアムの表情が曇った。

「そこまではっきり言い切れるだけの、理由はあるのか？　ルイが定期的に高熱を出すようになったのは一年ほど前だ。猩炎病にかかれば一年もたたずに命を落とすが、ルイにその兆候は見られない。周囲にだって、感染者は出ていない」

「それは、ロベルト医師の処置のお陰で体力の消耗が少なくてすんだのと、ルイ殿下の周囲には体力のある大人しかいないからだと思います」

「猩炎病なら、あの子は助からない。今の治療で生きながらえているのなら、それを続けるべきだ」

「治療薬なら、あります！」

思った以上に大きな声が出て、桜弥は自分でも驚いた。ウィリアムも目を丸くしている。話しているのを途中で遮った事に対しては憤っていないようだ。

「信じられないかもしれませんが、本当なんです。我が国では、僕たち獣人にとって患者のにおいも診断の重要な要素です。猩炎病もにおいによって重症化する前に、見つけることができます。そしてこれが、我が国における猩炎病の研究資料です」

桜弥は持参した扶桑帝国の猩炎病の資料をウィリアムへと渡す。

昨日届いたそれを、一晩かかって桜弥はアルシェール語に翻訳した。

ウィリアムは困惑しながらも、桜弥から渡された資料を読み始めた。そして、読み進めるにつれその表情はどんどん険しくなっていった。

症例や、治療薬の治験について、事細かに記された資料は、ウィリアムの目にはどう映っているのだろうか。桜弥は固唾をのんで見守った。

ほんの十数分という時間だったが、桜弥にはとてつもなく長く感じた。

「……驚いたよ。猩炎病の治療薬の開発に成功しているなんて。扶桑帝国の医学は、俺が思っていた以上に進んでいるようだ。残念だが、この資料を見る限りルイは猩炎病だと判断した方がいいようだ」

ウィリアムの言葉に、桜弥はほっと胸を撫で下ろす。

「良かった。実はロベルト医師が薬に使っているスベリナギを聞いたことがないと言っていたので、取り寄せたんです。一刻も早くそれを使って……」

桜弥は治療薬について書いてある部分を指さす。けれど、ウィリアムは静かに首を振った。

「いや……悪いがそれはできない」

「ど、どうしてですか？」

ルイが猩炎病だという事を、先ほどウィリアムも認めたはずだ。それなのに、どうして治療薬を使おうとしてくれないのか。

「……扶桑帝国の薬が、信用できないんですか？」

「そうじゃない。おそらく効き目はあるだろう。だが、帝国民のほとんどが獣人だろう？　人間にも同じだけの効果があるのか？　副作用の違いだってあるかもしれない」

「扶桑帝国には、人間だって住んでいます。人間もこの薬で完治したという記録が……」

「確かに、そのことも書かれている。だが、詳細な記録がない。薬を投与した人間の人数は？　性別や、年齢の統計はあるのか？」

ウィリアムの言葉に、桜弥は押し黙る。人間にも効果があったとはいえ、扶桑帝国に住む人間の数は少ないから、サンプルの数も少ない。

桜弥は、自身の膝の上にある手のひらを強く握った。

「扶桑帝国の薬が信用できないと言ってるわけじゃない。薬草の提供も助かるが、他国の薬を承認するのには、効き目は勿論のこと安全面の確認もしなければならない。治験が必要だ」

未承認薬を使うことに抵抗があるのはもっともだろう。しかし。

「それはそうですが……、もしそれで間に合わなかったら」

猩炎病は、いつ重症化するかわからないところに怖さがある。もし投薬が間に合わなかったら、という不安を払拭することはできない。

「サクヤ、君がルイのことを心配してくれているのはよくわかる。だが、もしこの薬を使って、ルイに何かあったら誰が責任をとるんだ？」

「あ……」

「効き目がなかった上に、後遺症が残る可能性だってないとは言えない。最悪死ぬことだってある。そうなった場合、投薬を決めた者、実際に投薬をした者、ルイの治療に関わった者たちはみな首を切られることになる」

口調こそ穏やかだったが、ウィリアムの表情は厳しかった。ルイは王族で、王位継承順位もウィリアムに次いで高い。次代の王となるかもしれない人間の治療に関わるという事は、それだけ重い責任を課せられるということだ。

考えが、甘かった……。

投薬により、ルイが死ぬ可能性は少ないだろう。資料にも投薬が原因で死んだ人間の記録はなかった。けれど、だからといってゼロだとはさすがに言い切れない。

「サクヤ、君の診断は宮廷医師にも伝えておく。彼らは優秀だ。この資料を役立ててくれるだろう。それに、君の見立てでもルイの容体は安定しているんだろう？　まだ時間はある。薬の治験も急がせる。だから、そう落ち込まないでくれ」

「……別に、落ち込んでなど……」

怪訝に思い、桜弥がウィリアムを見れば、視線が自分の頭上へ向けられていることに気付く。慌てて手を頭の上へとやれば、普段はピンっと立ち上がっている耳が垂れ下がっていた。

そんな桜弥を見たウィリアムの唇が、きれいな弧を描いた。

「……お話を聞いて下さり、ありがとうございました。そろそろ失礼いたします」

ウィリアムは言葉を尽くしてくれた。完全に納得したわけではないが、彼に不満をぶつけても仕方がないことは、わかっている。

「サクヤ」

立ち上がった桜弥に、ウィリアムが声をかけてくる。

「ルイが猩炎病かもしれないこと、また効果が見込める薬があるとわかったのは全てサクヤのお陰だ。医師である君が、ルイの傍にいてくれるのはとても心強い。あの子は、君のことをとても信頼している。これからも、気にかけてくれると嬉しい」

「もちろんです。ルイは僕の大切な友人ですから」

大切な甥を思うが故の言葉だということはわかっている。それなのに、ウィリアムが自分を信頼してくれているようで、むずがゆい気持ちになった。

ガタガタと風が窓を強くたたいている。冬が近づくにつれ、日々気温は下がっていたが、今日はいっそう冷え込んでいる。

アルシェールに来て、半年が経っていた。アルシェールの冬は扶桑帝国に比べて寒さが厳しい。そろそろ暖炉に火を入れた方がいいかもしれない。

ルイの病に関してウィリアムと話してから既に三カ月が経っている。あの後、何度かロベルトに面会を申し入れたものの、多忙を理由にすべて断られてしまった。せめて資料だけでも読んで欲しくて、まとめ直したものを彼の助手へ渡したが何の反応もない。そのため、目を通してくれたのかどうかもわからない。

気温が下がり、日照量が少なくなると猩炎病は悪化しやすい。寒さによって免疫力が弱くなるからだ。ルイの立場上、寒い部屋で過ごす心配はないが、日照量の少なさはどうしようもない。

先週の晩餐では、ルイは体調を崩していたため不参加だった。

ウィリアムの話では、猩炎病だとは断定できないため、肺真病の治療が行われているものの完治する気配はない。それにもかかわらず、長い間重症化しないことでルイの猩炎病の可能性を疑う医師が出てきているらしかった。

扶桑帝国の薬に関しては、現在被験者を募っているという話だが、アルシェールでは重症化するまで猩炎病だと気付けないため、なかなか希望者が集まらないという。

自分なら、においで猩炎病かどうかわかるから、診察の手伝いを申し出たが認められなかった。

希望者が集まらないというのは桜弥に配慮しただけで、発展が遅れていると思われている獣人の薬なことが原因なのだろうか。

力になりたいのに、自分にできることは何もない。桜弥はそれが歯痒くてたまらなかった。

ウィリアムは、そこまでルイを助けたいと思っていないんだろうか……？

アルシェールにおける王位継承順位は、王太子であるウィリアムが一位だ。長子優先であるため、本来はエドワードの子であるルイが王太子となるはずだったが、立太子できる十五歳に達していなかったため、ウィリアムが優先されたのだ。ウィリアムがルイと対立する理由はない。だから、ウィリアムがルイを大事にしていることに疑問を感じたことは一度もなかった。だが最近は疑心が生まれている。

それは数日前、ウィリアムがつけてくれた護衛から聞いた、王位継承に関する話がきっかけだった。

彼の話では、ウィリアムが王太子であることに反対する者は少なくないらしい。ルイの母方の親族を中心とした宮廷貴族たちだ。ウィリアムはルイが十五歳になるまでの中継ぎとすべきだと主張している。ウィリアムに子ができる前にルイが成人を迎えれば、本格的に問題化する可能性があるという。

ウィリアムはアルシェールのことを一番に考えている。王位継承問題は、場合によっては内紛となる恐れがある。それを避けるために、ウィリアムは敢えてルイの治療を遅らせているのではないか。

……まさか、考えすぎだよね。

その考えが浮かぶたびに、打ち消してはいるものの、完全には消えずシコリとなって桜弥の心に残っていた。

何か、良い方法はないのだろうか。自分にできることは、本当に何もないのだろうか。

ルイとは会えているし、薬を与えるだけなら簡単なのに……。

桜弥はハッとする。『薬』だとわからなければいいのではないだろうか。

「今日は冷えますね、桜弥様も早くお休みに……」

「真之、相談がある」

ちょうど寝室を整えて戻ってきた真之の顔をじっと見つめる。桜弥の真剣な表情に、真之が姿勢を正す。

「……あまり、良いお話ではなさそうですね」

「わかるのか？」

「ここ最近の桜弥様の様子を見ていればわかります」

「ルイ殿下の、ことだけど……」

ルイの治療が一向に進んでいない事、治療薬の治験が未だ始まっていない事、ウィリアムのことは信じたいが、あまりにも動きが遅いため不信に思っている事。桜弥はそれらをぽつりぽつりと吐露していった。

「それで……最悪の場合を考えて、すぐに飲ませられるように薬を用意しておこうと思う。それに協力して欲しい」

「申し訳ありませんが、桜弥様のご命令とはいえ、それはできかねます」

「どうして！」

「以前もお話ししましたが、ルイ殿下よりも桜弥様の方が大切だからです。勝手に薬を飲ませて、死に至ったらどうなさるおつもりですか」

「この薬による死者はこれまで出ていない……真之だって、資料を読んだのだから知っているだろう」

「王太子殿下にご相談すべきだと思います」

「……王太子殿下は、ルイ殿下の快復を願っていないのかもしれない……」

口しながら、桜弥は自身の心が痛むのを感じた。

「そんな、まさか……」

「元々、王位継承権順位はルイ殿下の方が高かったんだ。未だに、ルイ殿下を王太子に推す者も多いと聞いた。ルイ殿下が自身の立場を揺るがす存在だと思っていてもおかしくはない」

「確かにその可能性は、ないとは言えませんが……」

それでも納得できかねるのか、真之の表情は難しいままだった。

「薬を作るといっても、何もルイ殿下にそのまま飲ませるわけじゃない」

「え？」
「考えがあるんだ」

昼下がりの温室。桜弥は鍋に入れた温度計を真剣に見つめていた。薬を作る上で大切なのは正確さだ。特に猩炎病の治療薬は使う薬草が多く工程も複雑なため、より慎重にならなければならない。

……薬草を手元に残しておいて良かった。

猩炎病の薬は、苦みが強い上に辛味もある。そのため嫌がる子供が多く、牛乳などで薄めることが多い。

実際に作ってみたところ、辛味は消えたものの苦みは残り、薬と知らせずに飲ませるのは難しいレベルの味だった。そこで水飴（みずあめ）を加えてみたのだが、熱冷ましの時とは違い苦みがかなり紛れてくれた。しかし、そのままでは粘度が高く飲みにくいため煮詰めて飴にすることにしたのだ。

今はより普通の飴に近づけるため、水飴と牛乳の比率を変えたり、生クリームや蜂蜜を加えてみたりと味の改良中だ。

「それにしても考えましたね。薬を飴にするなんて」

「飴になったのは、偶然だけどね」

桜弥が真之に伝えた考えは、ルイに真正面から治療薬を飲ませるのではなく、ごく僅かな量を少しずつ気付かれぬよう摂取させるというものだった。薬の効果は落ちてしまうが、その分副作用も少なくなる。

「有害反応が出ないとは言い切れないからな。微量の薬ならば、たとえ有害反応が出ても僅かだろうし、途中でやめることもできる」

桜弥はでき上がった薬湯を布で濾す。舌に薬草が残ると後味が悪いものになるからだ。そこに、生クリームと水飴を入れ、弱火で煮詰めていく。

「実際に使うことが、ないといいんだが……」

あくまでこの飴は最終手段だ。できることなら、正規の治療を受けさせたい。

「よし、そろそろいいだろう。真之も味見してくれ」

猩炎病の治療薬は健康な者には無害であるため、口にしても問題はない。

桜弥は鍋を火から下ろし、乳白色の飴をスプーンで少しすくって真之に渡した後、自分でも味見する。

先ほど牛乳だけで作ったものより濃厚で、僅かに残っていた苦みもしっかり消えているように思う。

「牛乳だけのものより、こちらの方が良いと思います」

「僕もそう思う。それならあとは成型だな。柔らかい方が良いと思うんだが、柔らかすぎても……」

その時、研究室の扉がノックされ心臓が跳ねる。

「サクヤ、いるかい？」

「は、はい……！　少しお待ちください」

聞こえてきたウィリアムの声に、桜弥は顔を見合わせた。慌てて二人で机の上に出していた薬草を棚へ戻す。念のため、鍵をかけておいてよかった。ざっと室内を見渡してから、真之に応対を頼む。

まだ熱を持ったままの鍋はどうにもできなかったのでそのままだ。

「忙しかったかな？」

「いえ、大丈夫です。ちょうど火を使っていただけです」

引きつった笑みを浮かべて桜弥がそう言えば、ウィリアムが鍋に視線を向けた。

「これは……飴？」

「は、はい！　アルシェールで一般的に使われていると聞いた喉の薬を子供でも飲みやすい味に改良していたら、粘性が出たので飴にしてみました。以前殿下に相談された熱冷ましの薬はまだ研究中です。すみません」

桜弥は嘘がばれないかひやひやしながらウィリアムに適当なことを言う。

けれど、意外にもウィリアムの反応は良かった。

「謝る必要はない。既存の薬を改良したものなら、承認されやすいはずだ。完成したらぜひ教えて欲しい」

「わ、わかりました……！」

ウィリアムに嘘をついていることに、少しばかり心が痛んだ。

喉の薬もちゃんと改良しようと桜弥が密かに決意する中、ウィリアムはどこかほっとしたような笑みを浮かべた。

「今日は、顔色も良いみたいだね」

「え……？」

「少し前から気になっていたんだ。ルイの事を心配するあまり、桜弥が身体を壊してしまったら元も子もないだろう？」

ウィリアムが、その大きな手で桜弥の頬にそっと触れる。優しい瞳と、甘い声にどぎまぎしながらも、桜弥は一歩下がってウィリアムの手から逃れる。すると、少しだけウィリアムが残念そうな顔をした。

「あ、あの殿下……」

「何？」

「喉の薬ですが、その……もし上手くできたら、ルイ殿下に差し上げてもかまわないでしょうか？　たまに咳き込まれていることがあるので」

桜弥の思い付きに、ウィリアムがその青色の瞳を瞬かせた。

「も、勿論。承認を得られたらの話ですが……」

「医学研究所の承認を得た上でならかまわないよ。俺からも伝えておこう。それにしてもサクヤはルイのことばかりだね？」

「え……？」

「もう少し、俺のことも考えてくれると嬉しいんだけどな」

どういう意味だろうか。なんと返せば良いのかわからず、桜弥は言葉に詰まる。

「お話し中、失礼いたします。王太子殿下、そろそろお時間です」

桜弥が言葉を発する前に、研究室の扉がノックされ、ウィリアムの従者の声が聞こえてくる。

「また来るよ」

それじゃあね、と爽やかな笑みを浮かべてウィリアムは研究室を出て行った。後姿を見送りながら、桜弥は胸を撫で下ろす。

やはり、ウィリアムはルイを心配している。彼がルイの死を望んでいるとは思えない。

それなら、どうしてルイの治療は一向に進まないのだろう。

＊＊＊

あれから二ヶ月。桜弥の願いとは裏腹に、ルイの治療が進む様子はなかった。それどころか、状況はどんどん悪化しているように思えた。

その日、桜弥は久しぶりにルイの部屋を訪れた。

この国で一般的に使われている薬草を使ったのが良かったのか、喉の飴薬を毒味の上でならルイに与えてもかまわないと承認されたのだ。

部屋を訪れた桜弥に、乳母のデイジーが申し訳なさそうに応対した。

「ルイ様は朝から調子が良くなく……お話は短い時間にしていただけますでしょうか」

「もちろんだ。ルイに無理をさせる気はない」

了承すれば、デイジーによって寝室に案内される。

ルイは少し気だるげにベッドの上から桜弥に微笑みかけた。

「サクヤ……来てくれて嬉しい……」

「久しぶりだねルイ。体調が悪いんだって？」

「うん……また風邪引いちゃったみたい」

「そっか、遊べなくて残念だな」

桜弥はベッドに腰掛け、ルイの額に自身の手を当てる。微熱のようだ。

手首をり、脈拍も確かめるがそこまで速くはない。けれど、猩炎病独特のにおいは離れていてもかるほど強くなっていた。

「変なお願いをするけど、ルイの肌を見せてもらっても良いかな？」

「サクヤ、お医者さんみたい」

ルイが小さく笑った。

「みたい、じゃなくて本当にお医者さんなんだよ」

桜弥が言えば、ルイは驚きつつも頷いてくれる。

猩炎病特有の肌が赤くなる症状は、顔や首、関節の内側など皮膚の薄い部分から徐々に全身に広がっていく。袖をまくり、腕を見せてもらうと、肘の内側にぽつりと虫刺されのような赤みがある。

「ルイ、ここ赤くなってるけど痛かったり痒かったりする？」

「ううん、しないよ」

これは、まずいかもしれない。念のために足も見てみれば、膝裏にも肘と同じような赤みが二つあった。

ここしばらくルイに会おうとしても、度々熱を出していたため会えなかった。体力がかなり落ちているのだろう。

ウィリアムとロベルトの顔が脳裏に過る。このことは報告すべきだ。きっと猩炎病だと認められるだろう。そうなれば、治療薬だって使われるはずだ。

桜弥はすぐにウィリアムに重症化の兆しを伝えた。だが一日経っても、二日経っても宮廷医師たちに目立った動きはない。

王子が生命の危機にさらされているというのに、と怒りを覚えた。

ルイの見舞いを許されたままだったのは、不幸中の幸いだったかもしれない。肌の赤みはこの数日で一つ二つと増えている。

これ以上は待てない。

咎められたら命で贖（あがな）えばいい。

桜弥は一つ深呼吸をする。覚悟を決め、乳母に視線を向けた。

「デイジー、王太子殿下かロベルト医師に飴のことは聞いているだろうか。毒見を終えた後であればルイ殿下にあげて良いと言われているんだが」

「はい、聞いております。少しお待ちくださいませ」

なんとか平静を装い桜弥がそう言えば、デイジーはすぐさま毒見係の男性を連れてきてくれた。飴を入れた瓶ごと預ける。

健康な者が食べる分にはなんの問題がないとわかってはいても、心臓はバクバクしていた。

ルイは飴と聞いて瞳を輝かせながら、毒味が終わるのを待っている。

飴はルイが誤飲しても問題がないよう小さめで、キャラメルくらいの固さにしてある。

検分しながら飴を食べ終わた男は、デイジーに軽く頷いた。

「問題ありません」

毒見係は飴の入った瓶を桜弥に返すと、一礼して部屋の隅に下がった。

「もうわかったと思うけど、飴を作ったんだ。食べてくれる？」

「食べたい！」

ルイは嬉しそうに飴の包みを開き、口の中に入れた。

桜弥は固唾をのんで、その様子を見守る。

「美味しい。ありがとうサクヤ」

そう言って笑うルイに、桜弥も微笑み返す。

大丈夫、必ず効果があるはずだ。そう自分に言い聞かせながら、ルイの柔らかな金色の髪を優しく撫でた。

「もう一個食べてもいい？」

「これは特別な飴だから、一日に一個までしか食べちゃダメなんだ」

「そっかぁ」

しょんぼりするルイに瓶ごとあげてしまいたくなるが、薬なので好きなだけ食べさせるわけにもいかない。

「また明日来るよ」

「本当？　絶対だよ」

「もちろん」

話しているうちに、疲れたのかルイがうとうととし始めた。頃合いだと、桜弥は部屋を出る。

「あの飴を、与えたのですね」

自室へ戻ると、それまで押し黙っていた真之がそう口にした。

「……うん。僕のしたことは、愚かだと思うか?」

真之は少し驚いた顔をしたが、すぐにゆっくりと頭を振った。

「桜弥様は愚かではありません。どこまでも、お優しい方です」

「……ありがとう、真之」

桜弥がそう言えば、真之は小さく口の端を上げた。


約束した通り桜弥は毎日ルイの部屋を訪れ、その度に飴を一つ与えた。

薬が効き始めれば高熱が出るはずなのに、薬効が薄すぎたのか一週間経ってもこれといった変化はなかった。

薬を与えて以降は皮膚の赤みは増えていないので、多少は効いているはずだ。

味に違和感を覚えてもいいから薬効を高めた飴を飲ませるべきだろうか。真剣に考え始めていたある日、飴を与えた直後から熱が上がり始めた。

あとは、ルイの体力次第だ。

熱が下がれば命の危機は遠ざかる。

その日の夜遅く。桜弥の部屋の扉がノックされた。

「至急、呼び出しに応じるようにとの王太子殿下からのご命令です」

真之が近衛兵と話すのを聞きながら、桜弥はベッドを下り身支度を整えた。

5

桜弥がウィリアムによって呼び出されたのは、応接室だった。

シャンデリアが部屋を明るく照らしている。桜弥は中央のソファーに座るよう促された。

ウィリアムは厳しい表情で、机を挟んだ向かい側のソファーへ座っている。その両隣には護衛の兵が立っていて、主治医であるロベルトもその脇にいた。

そして、ロベルトの背後にある小机にはウィリアムの従者が座っていた。記録をするためなのか、小机の上には紙とペンが置かれている。

物々しい様子の彼らを、桜弥はどこか客観的に見つめていた。

「サクヤ、君は自分がどうして呼び出されたのか心当たりはある？」

「はい」

「そうか。本来であれば審議官室にて第三者の立会いの下で話を聞くんだが、君は俺の預かりなので内々にこの場を設けた。正直に話して欲しい」

ウィリアムの表情はどこか苦し気だった。

「ルイが急に高熱を出した。今日は一日部屋の中で過ごしていたし、食欲もそれなりにあった。食事に関しても問題は見つからなかった。ただ一つを除いては」

ウィリアムの視線が従者に向けられる。立ち上がった従者がテーブルの上に飴を置いた。

自分の作った飴薬だ。いったいいつの間に抜き取られていたのだろう。

「サクヤにはルイに毒を盛った疑いがかかっている。ロベルトが許可した飴と見た目は変わらないが、成分が違うそうだな。サクヤ、この飴は一体何なんだ？」

「その飴には、猩炎病の治療薬が入っています」

部屋の空気が凍り付くのを桜弥は感じた。

「……それは、以前貰った資料にある薬のことか？」

「はい。スベリナギを主成分とした薬です。スベリナギは通常痛みを緩和させる際に使われる薬草で、有害反応はほぼありません。ルイ殿下の熱は猩炎病だったからでしょう」

ロベルトが信じられないとばかりに桜弥を凝視している。

ウィリアムは予想はしていたのか、驚きは見せなかった。

「お渡しした資料にもありますが、一時的に高熱は出ますが、それは身体を蝕んでいる細菌を殺すためです」

「飴のことはルイからも聞いていた。……毎日与えていたそうだが、今日まで高熱が出なかったのはなぜだ？」

「飴には、ごく微量の成分しか含まれていません。そのため、薬の効果が出るのが遅かったんだと思います」

はっきりと桜弥がそう言えば、ウィリアムはため息を一つ落としてロベルトの方を向いた。

「ロベルト、お前が行っているあの治療薬の治験はどうなっている?」

唐突に話を振られたロベルトは、びくりと身体を震わせ、緊張しながら口を開いた。

「サクヤ殿下が仰るように、もし扶桑帝国の薬をルイ殿下に飲ませたのだとしたら、高熱が出てもおかしくありません。治験でも、猩炎病患者は高熱を出しましたが大事には至っておりません。健康な者への治験では今のところ有害反応はありませんが、スベリナギは我が国にはない薬草のため断定はできません」

ロベルトの言葉を、茫然と桜弥は聞いていた。ロベルトが治験を担当しているとは思いもしなかった。

治験は被験者が集まらず、進んでいないのではなかったのか。

「それでは、ルイの熱は問題ないのか?」

「いえ、薬の影響にしても高すぎます。この状況が続けば、お命が危ういかと……」

最後の方のロベルトの声は、まるで蚊の鳴くように小さなものだった。不安そうな表情は、保身というよりも、ルイを心配してのことだという事がわかる。

それは、ウィリアムも一緒だった。ロベルトがルイの命も危ういと言った瞬間、ウィリアムの表情に明らかな動揺が走った。

……やはり、ウィルはルイの死を望んでなんていなかった。

こんな時なのに、ウィリアムがルイ心から心配していることに桜弥は安堵した。同時に、ウィリアムに対して疑いを持ったことを、ひどく申し訳なく思った。

「あの、サクヤ殿下……」

「はい」

「現在、ルイ殿下の意識はなく、熱冷ましの薬を飲ませることができません。熱を少しでも下げようと身体を冷やしてはいるのですが、扶桑国に何か良い方法ないでしょうか」

口調こそ穏やかではあったが、ロベルトからはルイを、患者を助けたいという強い想いが伝わってきた。

「熱が出るのは正常な反応です。薬で無理に下げるのはかえってよくありません。ロベルト医師の懸念ももっともですが、扶桑でも対処は変わりません。ただ目を覚ました時にはなるべく水分をとらせてください。コップ一杯の水に対し、塩ひとつまみと砂糖をスプーン二杯を混ぜると良いと言われています」

「……わかりました」

自然に熱が下がるのを待つしかないことに落胆したのだろう。ロベルトは小さくため息をついたあと、真っ直ぐに桜弥を見据えた。

「あなたがルイ殿下のことを思って、今回の行動に出られたことはわかります。けれど、いくら治療のためとはいえ貴方の行ったことは殺人と等しい行為で、認められるものではありません」

「……はい」

それに関しては、桜弥も反論するつもりはなかった。

「同時に、アルシェールの医師を、私たちを信頼してもらえなかったことを、残念に思います。薬は明日投薬予定でした。決定まで時間がかかってしまいましたが、重症化するまで私たちには猩炎病かどうかわかりません。スベリナギに関する知識もありません。治験も不十分で、リスクもある。だからこそ、本人や家族の同意を得た上で投薬したかった」

声を抑えてはいるもののロベルトからは静かな憤りを感じた。

獣人だから話を聞いてもらえないのだと、扶桑の医療を信じてもらえないのだと思っていたが、それは間違いだった。

アルシェールに対して偏見を持っていたのは、僕も同じか……。

　室内が、シンと静まり返った。

「僕の……」

　口を開くと、室内の視線が自分に集まる。今更、何を言っても言い訳にしか聞こえないだろう。けれど学院時代にウィリアムが言ったように、はっきり口にしなければ、自分の気持ちは相手には伝わらない。

「僕の診断は、無視されたのだと思っていました。獣人だから信用してもらえないんだろうと。勝手なことをして、申し訳ありませんでした」

「いえ……私も、サクヤ殿下とお会いして状況を説明すべきでした。誤解させてしまったことは、お詫びします」

　桜弥が頭を下げると、ロベルトが慌てて止めさせる。場の空気が、僅かではあるが和らいだような気がした。

「薬の影響による発熱は、三日以内に熱が下がるのだったか」

　誰にともなく呟かれたウィリアムの問いに、それまで黙って会話を記録していた従者が答えた。

「はい、資料にはそう書かれております」

「サクヤの処遇に関しては、三日後まで私が預かる。その間はサクヤには星離宮へ滞在してもらう。外出や外部との接触は一切認めない。従者のタカムラ・サネユキも、こちらの監視下に置かせてもらう」

「はい」

星離宮はホワティエ宮殿と同じ敷地内にある宮殿で、罪を犯した王族や貴族を軟禁する場所だ。

大丈夫、三日後にはルイの熱だって下がる……。

そう、自分に言い聞かせる。そんな自分をじっと見つめるウィリアムの視線には、気付かなかった。

＊＊＊

暗がりの中、桜弥は人目を避けるように近衛兵に囲まれながら、離宮へ移動した。

近衛兵はウィリアム直属の兵士たちであるからか、桜弥への接し方もとても丁寧だった。桜弥の逃亡を防止するためというよりは、護衛してくれているのだろう。星離宮に移る意味を彼らが知らないわけはないのに、桜弥を罪人として扱う者はいなかった。

星離宮に着くと、初老の女性が桜弥を出迎えてくれた。

「アガサと申します。ここにいる間、私がサクヤ様の身の回りの世話をさせて頂きます。必要なものがあれば、何なりとお申し付けください」

桜弥が案内された部屋は、ホワティエ宮殿に比べれば質素だが、掃除が行き届いており居心地は悪くなさそうだった。暖炉には火も入っている。

アガサは丁寧に頭を下げると部屋を去る。必要以上の会話はしないよう、教育されているのかもしれない。カチリと外側から鍵をかけられる。

ずっと気を張っていたからだろう。ベッドに座るとドっと疲れが出てきた。だが、そのままパタリとベッドに寝転がった直後、部屋の扉が叩かれた。

先ほどのメイドかと思い、返事をして立ち上がると鍵が開く音がしてドアを開く。

「王太子殿下……どうして……」

部屋のソファーへ座ってもらう。桜弥も向かいのソファーに座ったが、気まずさから視線を合わせられない。

何か言わなければ。まずは謝罪の言葉を。そう思ってはいるものの、言葉が口から出てこない。

「サクヤ。君は、自分が何をしたのかわかっているのか？」

口を開いたのは、ウィリアムが先だった。

口調はいつもと変わらぬ穏やかなものだったが、その表情は厳しいものだった。怒鳴りつけられる方がよっぽどマシなほど重たい空気に、桜弥の肩が小さく震える。

激しく憤っているのが痛いほど伝わってきた。

無理もない。助けるためとはいえ、ルイに勝手に薬を与えたのだ。

「勝手なことをしてすみませんでした。でも、ルイ殿下の身体は……」

「そんなことを言っているんじゃない」

言い訳は、途中で遮られた。

「今回の行動がどれだけ危険なものだったか、サクヤは理解していないと思う」

「……責任は、僕が全て取ります」

「責任？　随分、簡単に言うね」

「な……」

嘲笑ともとれるウィリアムの言葉に、桜弥は思わず顔を上げる。けれど、ウィリアムの顔に浮かんでいたのは失望だった。

「君が個人で責任を取れるようなものじゃない」

「それは……」

あまりにも大袈裟ではないかと言いかけ、口を閉じる。黙って話を聞けという圧力を、ウィリアムの視線から感じたからだ。

「サクヤは扶桑帝国の皇子だ。順位は低いとはいえ、皇位継承権だってある。君の振る舞いは扶桑帝国の行動となる。たとえ命を助けようとしての行動だったとしても、ルイが死ねば毒を盛ったと思われる」

「相応の罰は受けるつもりです」

「それが甘いと言ってるんだ。おそらく君の言う罰は、自身の命で償うという意味だろう。サクヤ、君は自分がどうしてこの国にいるのかわかってるのか？」

「それは……両国の、友好のためです……」

「そうだ。君は両国の和平のために扶桑帝国を代表してこの国にいる。こんなことは言いたくないが、アルシェールの保護国となる前は、扶桑帝国は本格的な戦争の危機に面していた。その窮地を救ったにもかかわらず、扶桑帝国の皇子がアルシェールの王子を暗殺したとなれば、戦争だ。いや、国力の差から蹂躙と言えるかもしれない」

戦争という言葉に、桜弥は言葉を失う。

「君のやったことは、扶桑帝国をアルシェールの保護国にするために尽力した両国の人間の顔に泥を塗る行為だ」

そこまで桜弥は事態を深刻に考えていなかった。ウィリアムが言ったように、自分一人が罰を受ければ良いと思っていた。

　しかし、桜弥にも言い分はある。

「確かに、僕の行動は軽率でした。だけど後悔はしていません。猩炎病の資料を渡してから三ヶ月以上が経つのに、殿下から治療薬の治験が停滞していると聞いて、医療先進国であるアルシェールの医師にとって検討する価値すらないのだと思っていました。肌の赤みの報告をしたあと、すぐに治療を始めてくれていれば投薬はしませんでした。このままではルイが死んでしまうと思って僕は……」

　ウィリアムは驚いたように目を見開く。

「どうして、教えてくれなかったんですか？　ちゃんと治験が進んでいて、もうすぐ薬を使う予定だと。教えてくれていたら、迷惑をかけることはありませんでした」

「サクヤに相談しても無駄だと思わせたのは俺だったのか。すまない。情報を与えないようにしていたせいで……」

「どういうことですか？」

　情報を与えないようにしていた？

　思い返してみれば、治験の進み具合を聞いた時に答えにくそうにしていた。てっきり治験が進んでいないからだと思っていたが、教えたくなかったからだったのか。

でもなぜ？

「猩炎病の薬が、本当に人間にも効果があるかはわからなかった。だからきちんと結果が出るまでは教えないことにしたんだ」

「猩炎病の薬は扶桑での実績があるから自信があるだけで、研究者としてそういった可能性があることも理解しています。普通にそう言って下されば……」

「君を、がっかりさせたくなかった」

気まずそうなウィリアムに、何を言えば良いのかわからなかった。

ただ、ウィリアムが桜弥のことを慮（おもんぱか）ってくれていたことだけはわかった。

自分こそ問えば良かった。厭われることを恐れず、納得できるまで食い下がっていれば良かった。

そうすればこんなトラブルを起こさずに済んだのだから。

「緘口令（かんこうれい）を敷いてあるから、今回の事を知っているのはごく一部の人間だ。星離宮の者も知らないので気を付けて欲しい。だが、ルイの経過次第では俺の裁量で収めることはできない。万が一の場合は……いや、今はこの話はやめておこう。色々不安もあるとは思うけど、できる限りのことはするから、俺を信じて欲しい」

そう言うと、ウィリアムは立ち上がり部屋を出て行った。

一人きりになると、先ほどのウィリアムの言葉が頭に浮かぶ。自分の行動が戦争の引き金になりかねない事に、今更ながら戦慄する。

ウィリアムはどうしてここまでしてくれるのだろう。

ウィリアムが平和を望んでいるにしても、箝口令を敷いてまで桜弥の名誉を守る必要はない。いくら学院時代の友人だからといって、ここまでしてくれるものなのだろうか。

桜弥はため息をつくと、今度こそ身体を休めるためにベッドへ横たわった。けれど、答えの出ない疑問に、いつまで経っても睡魔はやってくることはなかった。

「お食事を、お持ちいたしました」

桜弥が許可を出すとアガサが部屋へ入ってきて、テーブルに朝食を並べていく。

「ありがとう」

「お食事がお済みになりましたら、ベルでお呼びください」

朝食の用意を終えたアガサが下がるのを待ってから、桜弥は椅子に腰かける。

桜弥が星離宮に来て、二日が経っていた。

ルイの容態はどうなんだろう……。

真之は無事だろうか。

部屋に一人きり。話し相手がいないこともあって、桜弥は冷静にものを考えることができるようになっていた。

ルイに薬を与えたことは、今も後悔していない。けれど、自分の言動が周囲にどう見られるのか、もっと立場を考えるべきだった。真之の言う通り、ちゃんとウィリアムと向かい合うべきだった。

ウィリアムやロベルトにだって立場があり、自由に動けるわけではない。研究所の腰が重いのなら、扶桑から医師を呼んで治験に協力させてほしいと頼むことだってできたのに、「してもらう」ことを待っていた。

それに、もしルイに万が一のことがあればウィリアムの共犯が疑われかねない。扶桑帝国を保護国にするのに彼が尽力したのは周知の事実であるし、今も週に一度晩餐を共にしていることからも、自分たちは親密に見えるはずだ。国内紛争に発展してもおかしくはない。

継承問題があることを知っていたのに、そのことを考えもしなかった自分に呆れてしまう。

できる限りのことをしてくれるとは言っていたけど、きっとウィリアムは思慮の足りない桜弥に失望しただろう。彼の信頼を裏切ってしまったことに、桜弥もまた傷ついていた。

僕には、傷つく権利なんてないのに…。

美味しそうに盛り付けられた温かい朝食を見ても食欲はわかず、桜弥は深いため息をついた。

＊＊＊

ウィリアムが再び桜弥の下を訪れたのは、三日目の朝のことだった。

一人、窓際で外を眺めていた桜弥は、ノックもなく乱暴に開かれたドアに驚いて振り返る。

「王太子、殿下……?」

ウィリアムの息が切れている。かなり急いでここに来たのだろう。

「あ、あの……」

「ルイの熱が下がり始めた。意識も、戻った……!」

桜弥は思わず、大きく目を見開いた。

「本当、ですか……?」

「ああ。まだ完全には下がってはいないが、肌の赤みも薄くなってきている……」

「よ、よかった……！」

大丈夫だとは思っていたが、不安が全くなかったわけではない。

ルイが無事だったことに、桜弥は胸を撫でおろした。

そんな桜弥にウィリアムは申し訳なさそうな表情をする。

「ただ、まだサクヤの疑いが完全に晴れたわけじゃないんだ。もうしばらくこの部屋で過ごしてもらうことになる。今、君が作った飴薬の解析を研究所がしている。それが終われば、ここを出られるだろう」

桜弥は小さく首を振る。

「僕は大丈夫です。それよりも、ルイ殿下がの熱が下がって、本当に良か……」

桜弥の言葉は、最後まで続くことはなかった。

え……？

逞しく、力強い腕。微かに香る、花のかおり。気が付いた時には、桜弥はウィリアムに抱きしめられていた。

「あ、あの……？」

「本当に良かった……。サクヤを失わずに済んだ。俺はサクヤを助けたくてこの国に招いたんだ。それなのに、この国に招いてしまったがために、君を失うことになるかもしれないなんて、考えたくもなかった……」

桜弥を抱きしめるウィリアムの腕の力が、僅かに強まる。

「君のしたことを認めることはできない。だけど、ルイを助けてくれて、あの子の命を救ってくれて、ありがとう」

「僕は薬を飲ませただけです。助かったのはルイ殿下が頑張ったからです。あの……、僕を助けたくてというのは……？」

扶桑帝国は小国ながら天然資源には恵まれている。島国であったことで、長い歴史と独自の文化も発展している。だからこそ、支配するのではなく保護することにしたのだと思っていた。

桜弥が問えば、ウィリアムが抱擁を解いてくれた。でも距離は近いままだ。

「扶桑帝国が外交的に孤立しつつあると聞いた時、サクヤのことが一番に頭に浮かんだ。もし命を落とすようなことになったらと、そう考えたら、いてもたってもいられなかった。約束しただろう？　サクヤのことは俺が守るって。だから……サクヤはもっと自分を大切にして欲しい。こんな危険な真似は二度としないでくれ。本当に、この数日間、気が気じゃなかったんだ……」

「ウィル……」

信じられない気持ちでいっぱいだった。

ウィリアムが、そこまで自分を心配してくれていたとは、思いもしなかった。それに。

約束……覚えててくれたんだ。

十年も経っているのだ。とっくに忘れられていると思っていた。

誰よりも優しく、愛情深い、桜弥が大好きだった人。

「僕と一緒に国も助けるって……スケールが、大きすぎますよ」

ウィリアムの気持ちが嬉しくて、くすぐったくて気が付けば桜弥は笑みを浮かべていた。

だけど、なぜか同時に泣けてくる。

「サクヤ、泣かないで。君に泣かれると、どうすればいいのかわからなくなる。それこそ、俺まで泣きたくなってしまう」

ウィリアムが困ったように、青い、美しいその瞳を歪ませる。

そして、ゆっくりと桜弥の唇にウィリアムのそれが重ねられた。

へ……？

驚く桜弥にウィリアムが、悪戯（いたずら）っぽい笑みを浮かべた。

抱き寄せられ、再び唇が重なる。先ほどのようなほんの一瞬触れるだけではない、深い口づけだった。桜弥は心地よさに抗えず、口づけを受け入れてしまう。

長い口づけの後、真剣な表情でウィリアムが話し始めた。

「あと一週間もすれば、桜弥の疑いは晴れると思う。この部屋にタカムラが世話係として来られるようにした。ロベルトもサクヤに聞きたいことがあるようだ。話を聞いてやって欲しい」

「は……はい。わかりました……」

返事はしているものの、桜弥は心ここにあらずだった。そんな桜弥の様子が伝わったのだろう。ウィリアムが優しく微笑み、その大きな掌え桜弥の頬をそっと撫でる。

「名残惜しいけれど、そろそろ行かなければならない。またすぐに会いに来るから」

パタンと、扉が閉まる音が聞こえ、桜弥は我に返る。

え……今のって……？

キスをされた。しかも、二度も。

思い出すと、桜弥の顔にどんどん熱が溜まっていく。

どうして……抵抗、しなかったんだろう……。

一度目のキスはともかく、二度目のキスは拒めたはずだ。だけど、あまりにも心地よくて、そんな気持ちに一切ならなかった。

桜弥は自身の唇に、指でそっと触れる。

ウィリアムの唇は柔らかった。懐かしいミュゼの花かおり、ウィリアムが好んでつけていた香水のにおいがして、すごく気持ちが良くて……。

わ、わあああ……。

床にへたりと座り込んで悶えていると、部屋の扉を叩く音が聞こえた。こんなところを見られたら大変だと、慌てて立ち上がって返事をする。

「真之!?」

部屋に入ってきたのは真之だった。思わず声を上げた桜弥に、真之は穏やかな笑みを浮かべた。見たところ怪我はないようだし、やつれてもいない。

「大丈夫だったか？　怪我は……」

「私は大丈夫です。自由に出歩けなくなっただけで、ひどい扱いは受けておりません」

「よかった……真之、お前には本当に迷惑をかけた。皇子として、あまりに軽率な行動だったと思う。すまなかった」

「桜弥様、頭を上げてください……。桜弥様が私に謝ることなどございません。謝らなければならないのは私の方です。王太子殿下に言われました。主人の無茶をどうして止めない、主人の命を危険にさらすなと」

「真之は止めてくれただろう？　それを僕が押し切ったんだ。真之は何も悪くない」

従者である真之とは長い付き合いだが、なんだかんだいって真之は自分に甘い。桜弥がどうしてもと言えば、折れてくれるのを知っていた。

「王太子殿下から言われた。ルイ殿下に万一のことがあれば、戦争になったと……。最悪の事態にはならなかったが、たくさんの者に迷惑をかけてしまった。意固地にならず、王太子殿下ともっとよく話すべきだった」

ウィリアムと話をする機会はいくらでもあったのだから。

「差し出がましいようですが……王太子殿下とは過去に、何があったのでしょうか？」

「え……？」

真之の問いかけに、桜弥は思わず動揺する。

「アルシェールから帰国した一時期、桜弥様が塞ぎ込んでいたことを覚えております。当時は留学への心残りや情勢を心配してかと思っておりましたが、王太子殿下が関係しているのでしょうか？」

真之の真剣な表情を見れば、決して興味本位からではなく、自分のことを心配して聞いているのだということはわかる。

これまで、ウィリアムとの事を誰かに話したことは一度もなかった。あまりにも辛すぎて、記憶に蓋をするしかなかったからだ。

「そうだな……お前には、話しておいた方がいいのかもしれない」

この先もアルシェールで暮らすのだ。教えておけば、ウィリアム絡みで自分が判断を間違えた時の、ストッパーになってくれるかもしれない。

同級生とのトラブルをきっかけに、ウィリアムとの仲が少しずつ深まっていったこと。ウィリアムのお陰で、勉強一色だったアルシェールでの日々が、かけがえのない時間になったこと。恋人になれたと思っていたけれど、勘違いだったこと。いざ話してみれば、なんてことない失恋話だ。

「……驚いたか？」

桜弥が問えば、真之は一瞬ためらってから、静かに首を振った。

「いえ……。縁談をことごとく断られていましたし、お二人の間に友情以上のものがあるのはわかっておりましたので」

「そんなことは……全て、昔の話だ。王太子殿下だって、そう思っている」

口ではそう言いながら、先ほどのウィリアムとのキスを思い出す。

ウィリアムが何を思ってキスしたのかはわからないが、受け入れてしまった事を少しばかり後悔していた。

「それは……違うのではないでしょうか？」

「え？」

「桜弥様は王太子殿下のことは過去の事だと思われているようですが、王太子殿下は違う気がします」

「……まさか、そんなことはないだろう。王となるからには、世継ぎだって必要だ」

ウィリアムはそう遠くない未来に、他国の王族か、国内の有力貴族と婚姻を結ぶはずだ。

「王太子殿下が、そう仰ったのですか？」

「それは……言われてはいないが。男の僕が選ばれることはない。なれても愛人がせいぜいだろう」

「ルイ殿下もおられますし、そのようなことを気にする方ではないと思いますが……。桜弥様は、王太子殿下の事を今でも愛しているのでしょう？　もう少し、勇気を出してみてはいかがですか」

「……また勘違いだとしたら、立ち直れなくなる」

だから、この想いは胸に秘めたまま、朽ちるのを待つのだ。

# 6

猩炎病は、感染しても風邪に似た症状しか出ない。知らず知らずのうちに感染が広がってしまうところに怖さがあった。

さらに、猩炎病は完治しても再び感染する恐れがある。

できることと言えば、病に負けない体力作りしかない。つまりは、よく食べよく眠り、太陽光を浴びて身体を動かすことだ。

「サクヤ〜！」

高い声が、温室の入り口から聞こえてくる。枝から花を取り除く作業をしていた桜弥は手を止め、入口に向かう。

「いらっしゃい、ルイ、王太子殿下」

温室に入ってきた二人を、桜弥は笑顔で出迎える。桜弥を見つけたルイが、元気よく抱きついてきた。

「わあっ」

体格差があるとはいえ、思いっきり抱きつかれたことでバランスを崩してしまう。

「こら、ルイ……！」

窘めながら、よろけてしまった桜弥をウィリアムの腕が支えてくれる。

「あ、ありがとうございます。王太子殿下」

すぐさま礼を言ったが、ウィリアムは何故か不満げな顔をした。

「前から思っていたんだけど、その王太子殿下っていうのやめない？」

「え……？」

「ルイのことは名前で呼んでいるのに、どうして俺の呼び方はそんなに堅苦しいままなんだ？」

王太子殿下と呼ぶことで、自ら距離を作っていたのだ。名前で呼ぶと、自分の気持ちがウィリアムにバレてしまいそうだから。けれど、そんなことは思ってても言えるわけがなかった。

けれど、今もこうして交流しているのに、王太子殿下と呼ぶのは確かに他人行儀すぎるかもしれない。

「それでは、ウィリアム殿下とお呼びしましょうか」

桜弥としては、ウィリアムの希望を聞き入れたつもりだったが、彼は困ったような笑いを浮かべる。

「ウィル」

「え?」

「昔みたいに、ウィルって呼んでよ」

ウィリアムの言葉に、桜弥の表情が固まる。

「さすがに、アルシェールの王太子殿下を愛称で呼ぶのは……」

「俺が許してるのに、誰が文句を言うんだ? それに、サクヤと親しくしていることは皆知っている」

そうまで言われてしまえば、さすがにウィリアムの希望を聞き入れるしかない。

「……わかりました、ウィ、ウィル」

妙に緊張しながら口にすれば、ようやくウィリアムの眦が下がった。

「ところでルイ、いつまで桜弥に抱きついているんだ?」

桜弥の足にしがみついていたルイが、ちらりとウィリアムを見る。

「赤ん坊じゃないんだ、いい加減離れなさい」

「……叔父上のケチ」

ルイはぷいと横を向いて、そのまま桜弥から離れようとしない。ルイのわかりやすい好意に、自然と桜弥の頬が緩む。

猩炎病が完治すると、それまで香っていた猩炎病の薄荷の腐ったようなにおいは一切しなくなった。先ほど抱きしめたルイの身体からは、優しいおひさまのにおいがした。

あれから、桜弥のまわりは少しだけ慌ただしくなった。それも全て、良い方向に。

ウィリアムが動いてくれたのだろう。ルイの猩炎病が桜弥の提供した扶桑帝国の薬で完治したという話だけが瞬く間に広がり、治験希望者が格段に増えたそうだ。そう遠くないうちに、治療薬として正式に認められるだろう。

とはいえ、事実を知る研究所には、桜弥に思うところがある人間も多い。あからさまに白い眼を向けられることはないものの、遠巻きにされていた。自らの招いた種だ。その点に関しては、桜弥も仕方がないことだと思っている。

それでも、治験に協力したいという桜弥の申し出を責任者のロベルトが受け入れてくれたことで、少しずつ関係は改善している。中には、桜弥が自分たちを信用しきれなかった気持ちもわかると言ってくれた人もいた。その後に二度としないようしっかりと釘を刺されたが。

それよりも、対応に困っているのは何も知らない王宮の人間たちだ。彼らの耳には桜弥のおかげでルイが助かったとしか入っていないため、顔を見るなりお礼を言われたり、贈り物が届いたりしていた。

ウィリアムや医学研究所に迷惑をかけたことを考えると、自分だけ感謝されるのは少しばかり決まりが悪かった。

午後のお茶の時間に訪れた二人をソファーに促して、お茶を淹れた。ウィリアムは温室を訪れるたびに美味しい菓子を持ってきてくれる。今日ウィリアムが持ってきてくれたのは、城下にある有名店のカヌレだった。

ルイは食べ終えるなり、温室内の探検に出かけてしまった。ルイには乳母がついているが、触れると炎症を起こす植物もあるので真之を同行させる。

「この温室の薬草も、かなり種類が増えたね」

「お礼にと、国内外の薬用植物を頂くこともあって……嘘だから、罪悪感が募ります……」

ウィリアムと二人きりになったこともあり、桜弥は最近の自分を取り巻く状況について、思うところを話してみることにした。

「嘘って……サクヤがルイを扶桑の薬で救ったのは本当じゃないか。堂々としていればいいと思うよ」

「それはそうなんですが……。でも、僕が治療薬を開発したわけではありませんし。僕ばかり感謝の言葉を頂くのは、やはり具合が悪いです」

事実が明るみになれば、さらにウィリアムや研究所に迷惑をかけてしまう事になる。それはわかっているので誰にも言うつもりはないが、桜弥の胸の内は複雑だった。

「……なんですか？」

ウィリアムは何も言わず、桜弥の顔をじっと眺めていた。

「いや、桜弥は良い子だなあと思ってね」

「え……は!?」

二十代半ばの自分に使う言葉ではないだろう。馬鹿にしているのかと、思わず眉間に皺が寄る。

「サクヤ、君が罪の意識を持つ必要は本当にないんだ。サクヤが教えてくれなければ、薬があることすら知らなかったんだから。……どうしても気になるようだったら、その感謝が正当だと思えるくらいに医学の発展に尽力するのはどうかな？」

優美な微笑みを浮かべて、ウィリアムが言う。口調は優しく穏やかだったが、冷静な言葉がウィリアムらしい。桜弥の心の中にあった負い目が少し軽くなったような気がした。

「そう、ですね……。ウィルの言う通りです」

「うん。それより……カヌレはもう十分かな？」

「え？」

「このお店のカヌレ、好きだっただろう？　もう一つどう？」

ウィリアムが持ってきてくれる手土産は、桜弥の好物ばかりだ。

ルイも喜んでいるし、偶然だと思っていたのだが、どうやらそうではないようだ。

そういえば学院時代も、街に出るたびにウィリアムは色々な菓子を桜弥に買ってきてくれた。自分の国にはないきれいな菓子が桜弥は大好きで、お茶の時間にウィリアムと一緒に食べるのが楽しみだった。

ウィリアムにとっては、大した意味はないのかもしれない。それでも、ウィリアムの中に少しでもあの頃の自分が残っていることが、嬉しかった。

「……ありがとうございます。ですが、もうお腹いっぱいですので……」

「お腹いっぱいになったならよかった。十年前に『お腹いっぱい食べたい』って言ってたから」

「……そんなこと言いましたっけ？」

確かにカヌレは当時から好物だったが、そんな無邪気な発言をしていただろうか。

「言ってたよ。あ、今日は別のものも持ってきたんだ」

首を傾げているとウィリアムが手を上げ、温室の入口で待機している自身の従者を呼ぶ。

従者はウィリアムに美しい文様の描かれた木箱を渡すと元の場所に戻っていった。

箱にはガラスで作られた瓶が入っていた。瓶の中は薄い青色の液体で満たされている。

「あの……、これは……？」

「髪に栄養を与えてくれる香油だよ。貴族の間で流行ってるらしくてね。ほら、この国は空気が乾燥してるだろう？　サクヤにどうかと思って……」

「僕の髪、そんなに痛んでますか……？」

確かに母国よりも乾燥しているとは思っていたが、指摘されるほど自分の髪の状態は良くないのだろうか。

「いや、艶のある美しい髪だと思うよ。ただ、手入れをしたらもっと美しくなるんじゃないかと思ってね」

言いながら、ウィリアムの手がゆっくりと桜弥の髪を撫でる。

情事が終わった後、ベッドの上で何度も髪を撫でられていた当時の記憶が、瞬く間に蘇る。

「あ、ありがとうございます……！」

うるさいほどの心臓の音に気付かないふりをして、桜弥はウィリアムの手から逃れる。

すると、ウィリアムはあからさまに残念そうな顔をした。

「ありがたく、使わせて頂きます……」

「髪にブラシをかける前に使うんだけど、今やってあげよう」

「いえ、大丈夫です！」

　王太子が他人の髪の手入れをするなど、聞いたことがない。

「遠慮しなくていいのに……」

　言いながら、ウィリアムはもう一度桜弥の髪に手を伸ばす。それを避けようとしたら、手が耳に当たってしまった。

「ひゃっ……」

　おかしな声が出てしまった。

　耳に手が触れたのはわざとだったのだろうか。なぜかウィリアムは楽しそうな顔をして桜弥の頬に触れるだけのキスをした。

「な……！」

　思わず、のけ反ってしまう。くすくすと笑うウィリアムに、揶揄われたのだと気付く。これはちゃんと、注意した方がいいだろう。と、桜弥は居ずまいを正す。

「家族や恋人意外とキスをするような文化は、アルシェールにはなかったと思いますが？　僕が知らないうちに変わったのでしょうか？　もしかして、僕の事をルイ殿下と同じように見ていませんか？」

「ルイと？」

「はい。僕はもう子供ではありません」

甘い菓子を買ってきたり、頬にキスをしたり。よくよく考えてみれば、これはルイへの接し方とよく似ている。悪気はないのかもしれないが、この年齢になってルイと同じような扱いを受けるのはやはり抵抗がある。

お腹いっぱい食べたいって言葉もそうだけど、ウィルの中で僕はあの頃のままなんじゃないだろうか……。

「サクヤ……それは鈍すぎるだろう。それともわざと？　子供だと思っている相手に、こんなキスはしないよ」

ウィリアムの顔が近づいてくる。そして、その柔らかい唇が桜弥のそれへと重ねられた。

なぜキスされたのか、まったく意味がわからなかった。

元々ウィリアムは、キスが好きだ。学院時代、そういう関係になってからは人目を盗んで事あるごとにキスされた。二人きりの時にされる特別なキスは、行為への合図でもあった。

……もしかして、誘われてる？

しかし、ここは温室でルイだって近くにいる。いや、そもそもそういう問題じゃない。

混乱する桜弥を見て何を思ったのか、ウィリアムは再び顔を近づけてくる。

　ど、どうしよう……。

　拒まなければ。頭ではわかっているのに、桜弥は何も言うことができない。あと少しで、唇が重なる時だった。

「サクヤー！」

　元気なルイの声に呼ばれ、ハッと我に返り慌てて立ち上がる。

「こっちにきれいなお花があるけど、名前がわからないの！」

「わかった。すぐ行くね！」

　ルイの声が聞こえた方へ向かいながら、桜弥はなんとか気持ちを落ち着かせようとする。すぐ後ろにいるウィリアムの顔は、とても見られそうにない。

　僕はウィルを拒めない……。

　それはウィリアムへの恋情が残っているからで、彼の行為を嬉しく思っているからだ。けれど、それはよくないことだというのもわかっている。

　……やはり、ちゃんと別れなかったのがよくなかったのだろうか。

　十年前、三年を予定していた桜弥のアルシェールへの留学は二年で中断することになった。

　五十年前、アルシェールが扶桑帝国と対等な関係を結んでくれたおかげで、扶桑帝国は植民地化を逃れられていた。けれど、天然資源に恵まれた扶桑帝国の侵略を目論んでいる国は少なくなかった。多くの植民地を持つアルシェールが、いつ侵略に舵を取るか懸念もあった。

扶桑帝国びいきだった前アルシェール国王が体調を崩し他国への影響力が弱まっていくにつれ、周辺国が侵略の気配を見せはじめた。

戦争になれば真っ先に身の危険にさらされる桜弥に、帰国命令が出たのは当然のことだった。扶桑を狙う国々に知られないよう帰国準備は内密に進められた。

誰にも教えないよう言われていたが、ウィリアムにだけは、別れの言葉を伝えたかった。そして、情勢が落ち着いたら、再びこの国に会いに来たいと。

帰国が翌日に迫り、今日こそ話をしようと意気込んで桜弥は寮に戻ったが、ウィリアムがリビングで誰かと話している声が聞こえ、部屋に入るのをためらった。

真面目な話をしているのがわかったからだ。

少し時間を置いてから戻ろうと思ったものの、足がその場から動くことはなかった。

ウィリアムではない人間が、自分の名前を口に出したからだ。盗み聞きはよくないとわかっているのに、中の会話へ耳を傾けてしまう。

「お言葉ですが……殿下はハルノミヤ様に入れ込みすぎだと思います」

話しているのは、ウィリアムと日頃から懇意にしている陸軍大臣の息子、リチャードだろう。桜弥への態度がいつもどこか素っ気ないため、よく覚えている。

「愛人にするのなら、獣人ではなく人間の……もっとリスクの少ない者や、後ろ盾を期待できる者を選ぶべきです。殿下とハルノミヤ様との関係に、眉を顰めている者だって少なくないんです」

聞こえてきた言葉に、桜弥の表情が固まる。

……愛人って……。

ウィリアムが桜弥との関係を周囲に隠していなかったのにも驚いたが、ウィリアムと自分は、恋人同士だと思っていた。けれど、周囲の目にはそんな風にうつっていたのか。

やっぱり……僕が獣人だから……。

同時に、どこかでそう見られても仕方がないと諦めてもいた。自分と、ウィリアムが気持ちを通い合わせていれば、それでよかった。けれど。

「……そうだな。お前の言う事は正しい。獣人だから物珍しかっただけで、本気じゃない……」

ウィリアムの言葉を、桜弥は最後まで聞くことができなかった。

獣人だから物珍しかっただけ、本気じゃない。これまで自分が育くんできたウィリアムとの愛も信頼関係も、全て自分の思い込みだったのだ。

門限ギリギリになって戻った桜弥をウィリアムは心配してくれたが、ぎこちない態度を取ることしかできなかった。

ウィリアムに言いたいことはたくさんあった。

本気でないのなら、どうして自分を口説いてまで抱いたのか。どうしてまるで、本当に自分を愛しているかのように振る舞ったのか。そんなことをしなければ、こんな風に自分は傷つくこともなかったのに。

詰りたかったが、できなかった。

考えてみれば、ウィリアムは誰に対しても平等に優しかった。桜弥のことを気にかけてくれたのも、獣人の留学生で、学院に馴染めていなかったからだろう。遊び相手にも適用される優しさや気遣いを、愛だと桜弥が勘違いをしてしまったのが悪いのだ。

恋人同士だと思い込み、舞い上がっていた自分が恥ずかしく、惨めだった。

桜弥はウィリアムに問いただすことはなく、帰国することを告げた。自分の中にあるウィリアムへの想いに蓋をして。

ウィリアムは何か色々と言っていたが、すべて聞き流した。本心はもうわかっている。

けれど、わかっていてもなお、ウィリアムに見つめられれば、桜弥の心臓は高鳴った。

どうしたら、彼に対する気持ちを自分の中から消すことができるのだろう。

「このお花、なんていうの？　これも薬草？」

ルイが興味津々に問いかけてくる。

花弁が折り重なるように咲く赤い花は、緑が多い薬草に囲まれているせいで一際目立っていた。

「ああ、これは波の花だよ。僕の国から持ってきたものなんだ。気持ちを落ち着ける作用があって、疲労回復や風邪予防、美容にも良いと言われている。ええっと、確か同じ種類の花がアルシェールにもあったと思うんだけど……」

「ロゼリアだね。花祭りの時に街中に咲いている」

桜弥をフォローするように、ウィリアムが言葉を続けた。

ロゼリア……。

花の名前を聞いた途端、桜弥の胸がツキリと痛んだ。ドキドキと胸を高鳴らせながら渡した花を、笑顔で受け取ったウィリアムの姿が、鮮明に思い出された。

動揺を悟られぬよう、ゆっくりと呼吸する。

「花祭り？」

「自分の大切な人にお花を贈るお祭りだよ」

ウィリアムを窺い見たが、これといった反応は見られなかった。

戦争から帰ってきた兵士たちをロゼリアの花で出迎えたのが始まりで、今では身近な人に日頃の感謝の気持ちを伝えたり、愛の告白をしたりする日になっている。

学院時代、一度だけ見に行ったことがある。街のあちこちにロゼリアの花が咲き誇っていて、とても美しかった。

「僕、その花祭りに行きたい！」

ルイの大きな瞳がきらきらと輝いている。

「……ルイ、気持ちはわかるけど。猩炎病が治ったばかりだ。来年まで我慢しなさい」

「え～……！　叔父上の意地悪！」

「意地悪で言ってるんじゃないよ。花祭りはいっぱい歩くから、元気じゃないと行ってはいけないんだ」

二人のやり取りを、桜弥は何も言わずに聞いていた。花祭りの日はたくさんの人が街にやってくるため、馬車での移動は難しい。花祭りを楽しむには体力が必要だ。

ただ、最近は味覚障害が治ったこともあり、ルイもたくさんご飯を食べられるようになっている。花祭りは三ヶ月後だし、その頃には体力がだいぶついているのではないだろうか。

ルイはよほど花祭りが気になったのだろう。なおも行きたいと珍しく駄々をこねている。連れて行ってあげたいが、桜弥にその権限は当然ながらない。

「ルイ、ここで花祭りをするというのはどう？　宮殿のあちこちに花を飾って、皆に見てもらうんだ」

ウィリアムが代替案を出すと、ようやくルイの表情が明るくなった。

「本当？　サクヤも一緒にしてくれる？」

「勿論」

桜弥が笑顔で答えれば、ルイは満面の笑みを浮かべた。

そうだ、ウィリアムは口先だけで誤魔化すのではなく、こんな風にきちんと対応をしてくれる人だ。

おそらく、桜弥がずっと心の内に抱えている疑問にも、問えば誠実に答えてくれるだろう。けれど、その質問をするのは怖かった。

「お花足りるかな？」

「庭師に聞いてみるといい」

「うん！　サクヤ、庭師のところに一緒に行こう！」

「これから行く？」

「行く！」

花祭りのことは、もう少し近くなってからウィリアムに相談してみよう。ルイを可愛がっているからすんなり許可が出るかもしれない。

＊＊＊

七日間かけて行われる花祭りが一番盛り上がるのは、フィナーレとなる最終日だ。

留学して二年目の春、エドガーに誘われ街に下りた桜弥は、街中に咲き誇る色とりどりロゼリアの花を目にして、強い感動を覚えた。

人々の表情がみな明るく、笑顔だったのもまた印象的だった。この日ばかりは日頃は俯きがちな獣人たちも、活き活きしていたように思う。

「サクヤも買っていくか？」

「え？」

エドガーが花屋を指さした。見れば多くの人が立ち寄ってロゼリアを購入していた。

「ロゼリアを？」

「花祭りは感謝の日だからね。自分にとっての大切な人……家族や恋人、友人にロゼリアを贈って感謝を伝えるんだ」

大切な人に贈る花。なら、ウィリアムに贈りたい。桜弥がそう思ったのは、ごく自然な気持ちだった。

エドガーにも贈ろうとしたが、女の子にもらうからいいと固辞されてしまった。約束があるというエドガーと途中で別れる。寮への帰り道、自分が買った赤いロゼリアに目を落とした。

オーブリーとの一件以降、桜弥とウィリアムはリビングで過ごすことが多くなっていたし、距離感も随分と近くなったように感じる。

完璧に見えるウィリアムだが、親しくなるにつれ、そうではない一面も見せてくれるようになった。朝があまり強くないため、いくつもの目覚まし時計を枕元に置いている話を聞いた時には、思わず笑ってしまった。

首席を維持するため、夜遅くまで勉強していることも知っている。

監督生として指導が上手くいかなかった時には、落ち込んだりもしていた。桜弥が心配しているのが、しおれた耳の様子からわかってしまったのだろう。ウィリアムは小さく噴き出し、大丈夫だと微笑んでくれた。

監督生として多くの生徒に憧れられているウィリアムだが、誰に対しても平等である分、内に入れている者はごく僅かだ。

その中に入れてもらっていることが、桜弥にはとても嬉しかった。


湯浴みを終えた後。桜弥は散々ためらった末、ウィリアムの部屋のドアをノックした。

「どうしたの？　こんな時間に。もしかして、エドガーと街に出た時に何かトラブルでもあった？」

「あ、いえ。そうじゃなくて……ウィルに渡したいものがあって……」

桜弥は、後ろ手に隠していた赤いロゼリアの花をウィリアムに感謝の気持ちを込めて差し出す。

ウィリアムのおかげで、学院での生活がとても楽しく有意義なものになった。

「街で買ってきたんです。よかったら、受け取ってください」

店にはいろんな色のロゼリアの花が売られていたため、桜弥は目移りをしてしまった。赤を選んだのは、エドガーに勧められたからだ。桜弥も、凛としたその色がウィリアムによく似合うと思った。

ウィリアムは、切れ長の目を大きく見開いた。

「この花を……俺に？」

「え？　あ、はい……」

どこか緊張したように、ウィリアムはロゼリアの花を受け取った。拒まれるとは思わなかったが、桜弥はほっと胸を撫で下ろす。

「ありがとうサクヤ。嬉しいよ……」

ウィリアムが、桜弥の身体を抱き寄せた。

そして、ゆっくりとウィリアムの顔が近づき、柔らかいものが桜弥の唇へと触れた。

え……？

ウィリアムにキスをされている。そのことに桜弥が気付くまでに、しばらく時間がかかった。

「え？　ええ!?」

あまりの衝撃に桜弥は後退った。ウィリアムは、そんな桜弥に目を瞬かせている。

「もしかして……愛を伝えたわけじゃなかった？」

「あ、愛？」

「ロゼリアの花は贈る色で意味が変わるんだ。黄色は友情、ピンクは家族への愛情、赤は、愛の告白……」

ウィリアムはどこか決まりが悪そうに説明してくれる。

渡す色で意味が違うなんて……知らなかった……！

エドガーの悪戯だろうか。桜弥は自分の顔が赤くなっていくのがわかった。

「あ……えっと……、僕、知らなくて……」

自分が愛の告白をしてしまったことに気が動転し、しどろもどろになってしまう。

「その……ごめん、変なことをして」

「い、いえ……その……！　嫌じゃなかったです！」

自分でも、何を言っているのだろうとは思った。けれど、済まなそうな顔をするウィリアムに何か言わなければと、気が付けばそんなことを口にしていた。

「……本当に？」

ウィリアムから問いかけられ、こくこくと頷く。

「びっくりしましたけど」

扶桑帝国でもアルシェールでも、同性同士の恋愛はそう珍しくはなかった。学院内でも、付き合っている生徒はいる。

「その、ウィルは……男の人が好きなんですか？」

ウィリアムにそういった意味での好意を持つ者も多かったが、彼は誰も相手にしなかった。

「キスをしたのは、相手がサクヤだからだよ。いつも一生懸命でひたむきな君から、気付けば目が離せなくなっていた。サクヤは恋愛対象として俺のことを見ていなさそうだったから、伝えないつもりだった。……もしサクヤに嫌悪感がないのなら。俺とのこと、考えてみてくれないか？」

「か、考えるって……」

ウィリアムの事を恋愛対象として見て欲しい、ということだろう。

頭ではわかっていても、感情が追いつかない。

ウィリアムの瞳を見れば、冗談を言っているわけではないのはわかる。

「その……ウィルのことは勿論好きだし、尊敬もしています。ただ、これが恋かといわれると、よくわからないんです。キスだって初めてでしたし……」

そうだ、初めてのキスだ。その相手がアルシェールの第二王子だなんて。

とんでもないことをしてしまった……いや、されてしまったのではないだろうか。

すごく柔らかかった気がするが、ついさっきのことなのに思い出せない。

いやいやいや、そんなことを考えている場合ではない。

自分でも混乱しているのがわかるのに、ウィリアムは追い打ちをかけてくる。

「じゃあ、もう一度試してみる？」

「へ？」

「もう一度キスをされても、俺のことを好きなままだったら、それは特別な意味での好きってことなんじゃないかな？」

ウィリアムはにっこりと、甘やかな笑みをそのきれいな顔に浮かべた。ウィリアムに言われると、なんだかそんな気がしてきて頷いてしまう。

「こっちに来て座って」

促されるまま、桜弥はウィリアムのベッドに座る。

就寝前だったからだろう、ナイトランプのみがつけられた部屋は薄暗く、少し不安になった。

「サクヤ」

桜弥の隣に座ったウィリアムが、甘やかな声で名を呼んだ。隣を向けば、ウィリアムの顔が再び自分へと近づいてくる。

「……サクヤ、目を閉じて」

あと少しで唇が触れるという瞬間、ウィリアムが困ったような笑みを浮かべた。

慌てて目を閉じれば、桜弥の唇にふわりと柔らかなものが一瞬だけ触れる。目を閉じているせいか、ウィリアムの唇の感触がより鮮明に感じられた。

「どう？　嫌じゃない？」

「はい……でも、特別な好きかは、その、わかりません」

思ったままの感想を、口にすれば。

「じゃあ、もう少ししても？」

「え？　あ、はい……」

桜弥はギュっと目を閉じる。そんな桜弥に、ウィリアムがふっと笑うのがわかった。

何度目かのキスのあと、桜弥の口腔内にウィリアムの舌が入ってきた。

既にキスを何度もされていたからだろうか。驚きはしたが、まったく抵抗は感じなかった。

「ん……」

鼻にかかったような声が微かに自分の口から漏れる。

ウィリアムの舌は、口の中をゆっくりと探った後、桜弥の舌を絡めとる。

舌の感触が気持ちいい。体温が上がっていくのを感じる。

思わずウィリアムのシャツを握りしめると、彼の手が優しく桜弥の髪や頬を撫でた。

けれどその手が、シャツの中に入ってきた瞬間、桜弥は咄嗟に身を離してしまった。

「もう、止めておく?」

「……」

「もっとしてもいい?」

僅かに逡巡し、桜弥はこくりと頷く。

「本当にいいの?　これ以上続けたら、止まれなくなるかもしれない……」

珍しくウィリアムは歯切れが悪かった。そのくせ、いつになく野性味を帯びたウィリアムの青い瞳に胸が高鳴り、桜弥はもう一度ゆっくりと頷いた。

「……して下さい」

ここで拒んでしまえば、こんな風にウィリアムが自分に触れることは二度とないだろう。そう考えると、なんだかもったいないような、寂しいような気がした。

ウィリアムは桜弥の身体を、そっとベッドへ押し倒した。

「ひゃっ………」

ウィリアムは幾度も唇に口づけながら、桜弥の耳を優しくなでた。

くすぐったさに、思わず身をよじった。

緊張から、いつもより敏感になっているようだ。

慌てて手で耳を隠そうとするが、やんわりとウィリアムに阻まれてしまう。

つうと耳の付け根を指でなぞられ、時折僅かに力を入れて揉まれる。痛みはないが、ぞわぞわとして落ち着かない。

「み、耳……！　ダメです……！」

耐え切れず、顔を真っ赤にして桜弥が訴えれば、ウィリアムが楽しそうに笑い、今度は自身の唇を、耳へと近づけた。

え……？

湿った舌が、耳の周りをゆっくりと嘗める。

「や、やめてください……毛が、生えてますし……」

「別に、気にならないよ」

「うっ……やっ……」

何とも言えない感覚にもぞもぞと身体を動かす。ウィリアムの可愛い、という小さな声を、聴覚の優れた桜弥はしっかりと聞き取っていたが、何が可愛いのかさっぱりわからなかった。

額、頬、首筋と口づけながら、ウィリアムが身に着けていたシャツを脱ぐ。厚みのあるきれいな筋肉の付いた逞しい胸が、目の前にさらされる。

桜弥のシャツを脱がし、ズボンにウィリアムが手をかけた瞬間、思わずその手を制止してしまった。

「あ、その……服を着たままじゃ、ダメですか？」

「え？　どうして」

既に自身の下腹部は反応しており、それをウィリアムに見られるのが桜弥は恥ずかしかった。
キ、キスをされただけなのに……。
「は、恥ずかしくて……！」

「じゃあ、まずは服の上からね」

ウィリアムは無理強いをすることなく、優しく笑み、桜弥の中心に触れた。

「あ……」

そこが硬さを持っていることに気付かれた。

気まずさから、思わず視線を逸らしてしまう。

「ちゃんと反応してくれて嬉しいよ」

嬉しそうにそう言うとウィリアムは、あっという間に桜弥のズボンと下着をはぎ取ってしまった。

「わっ……」

咄嗟に足を閉じ、手と尾で性器を隠す。

「ふ、服の上からって言ったじゃないですか……!」

「困ったな、これじゃあサクヤに触れない」

ウィリアムの表情は全く困ったように見えない。むしろ楽しそうだ。

「触っちゃダメ?」

「ダメです……!」

「わかった、でもキスならいいよね?」

もうたくさんしたし、とウィリアムクスクス笑う。その直後、胸の尖りが生温かいものに覆われた。

「うっ……やっ………」

強弱をつけながら、そのままくにくにと舌で尖りを嬲(なぶ)られ、信じられないほど甘い声が口から漏れる。

柔らかなウィリアムの髪が不規則に肌に触れ、快感にむずがゆさが加わる。

「やっ……あっ……」

ふいに、もう片方の尖りがウィリアムの指先でキュッと擦られ、ピリリと背中に電流が走った。

「直接はダメって言ったのに……！」

もぞもぞと身体を動かせば、勃ちあがった尖りを甘噛みされ、丸まった背筋がピンと伸びてしまう。

「やっ…………！」

「サクヤは可愛いね」

そう言うとウィリアムは、桜弥の尻尾の付け根を優しく撫でた。

「ひゃうっ……！」

元々敏感な場所を撫でられ、身体が大きく反応する。

逃れようと身体をよじったものの、ウィリアムはそのまま弱い部分を撫で続ける。

「付け根はダメです……！」

「ダメなところばかりだね」

ウィリアムの手が付け根から離れ、尻尾を撫でる。尻尾と、性器が擦れるのがとても気持ち良い。

何度も撫でられているうちに、自分の尾が湿っていくのがわかる。先端から零れたもののせいだ。おそらく、ウィリアムにも気付かれているだろう。あまりにも恥ずかしくて、桜弥は両手で顔を覆った。

「意地悪、しないでください……」

「サクヤが可愛すぎるのが悪い」

「うう……」

可愛くなんてない。そう訴えたくて、小さく頭を振る。

「顔を見せて？」

「……嫌です」

「サクヤにキスをしたいんだけどな」

ウィリアムが桜弥の手をやんわりと除け、ちゅっと桜弥の唇に口づける。

「ふ……」

ウィリアムとのキスは気持ちが良い。

もっとして欲しくて、唇が離れた後も、うっとりと桜弥はウィリアムを見つめてしまう。

「こっちにもキスをさせてね」

「え？」

ウィリアムが、軽々と足を持ち上げると、尻尾を鼻先で押しのけ、桜弥の性器を口に咥えた。

「ダ、ダメ！　やめてくださ……あっ……！」

汚いからやめて欲しい。

ウィリアムの頭を除けようと手を伸ばしたものの、性器を舌であやされ、柔らかな髪をかきまわすだけになってしまう。

「あっ………あ……っ………！」

ウィリアムの頭が上下に動き、濡れた音がシンとした部屋に響き渡る。

「はっ……、あ……！　う………！」

性器の裏側を丁寧に舐められ、びくびくと身体が震える。

舌先で先端を突かれた瞬間、性器が限界を訴えた。

「あ……、ダメ、出ちゃ………あっ！」

すんでのところでウィリアムは口を離してくれたものの、白濁が彼の頬を汚していた。

「あ……その……」

心臓がどくどくと音を立て、息がなかなか整わない。

口淫が、こんなに気持ちが良いものだなんて知らなかった。

「ご、ごめんなさい……」

手を伸ばして頬の汚れを拭い、なんとか謝罪の言葉を口にすれば、ウィリアムは目を瞬かせた。

「なんで謝るの？」

「だって……」

「それより、ここで最後までしてもいい？」

「へっ？」

ウィリアムの手がそっと桜弥の後ろに触れ、思わず素っ頓狂な声がでる。

そうだ、男性同士で行為をする場合、ここを使うのだ。今更ながらそのことに気付く。

「サクヤが嫌なら無理にはしないよ」

ウィリアムが柔らかな笑みを浮かべる。ただ、その笑顔にいつもの余裕がないのは桜弥でもわかった。

彼の下半身へと目を向ければ、ズボンの上からでも性器が反応していることがわかる。しかも、屹立は見るからに大きい。

こ、これをお尻に……？

黙り込む桜弥の頭を撫で、ウィリアムが離れようとする。

「ま、待ってください……」

引き止めると、ウィリアムが驚いたように桜弥を見る。

「嫌なわけでは……ないんです。その……ちょっと怖いというか……は、入らないと思いますし」

「大丈夫、絶対に入るし、痛くないようにする」

力強く断言され、小さくなりながらも桜弥は頷いた。

ウィリアムがベッドサイドに置いてあった保湿クリームの蓋をあけ、中身を指ですくいとる。花のかおりが、ふわりと鼻孔をくすぐった。

「足を開いててくれる？」

言われるがままに、桜弥は自身の足を広げる。ウィリアムの手がするりと伸びてきて、指先で優しく後孔にクリームを揉みこむ。

「あっ………」

ぷつりと、ウィリアムの指が桜弥の中へと入ってくる。

身体が強張ったのがわかったのだろう、ウィリアムが桜弥の首筋にキスを落とす。

ウィリアムの指が、少しずつ、丁寧に中をかきまわしていく。ゆっくりとした動きに、異物感はあっても痛みは感じなかった。

「大丈夫、痛くない？」

「は、はい……」

「サクヤのここは、小さいし狭いね」

独り言のように、ウィリアムが言いながら、指を増やした。圧迫感に思わず呻くが、すぐになじんでいく。

「指を増やしたけど、苦しくない？」

ウィリアムに聞かれ、こくこくと頷く。

苦しくはなかったが、恥ずかしいし、居たたまれなかった。もうこれだけ解せば大丈夫なのではないだろうか。

「も、もう……ひっ……！」

ウィリアムの長い指が、とある部分に触れた瞬間、桜弥の身体が跳ねた。

「サクヤ!?」

驚いたように、ウィリアムが桜弥の顔を覗き込む。痛かったのかと心配したのだろう。

けれど、くったりとしていた桜弥の性器が反応していることに気付くと、再びその部分に触れる。

「あっ……！　ひゃっ……！」

柔い粘膜を引っかかれる度、前への刺激とは全く違う、もどかしくも強烈な快感に嬌声が口から漏れる。

「サクヤ？　もういい？」

快感により、力が抜けきっていた桜弥はよくわからないまま、ウィリアムの言葉に頷く。すると、ウィリアムが残っていた服を脱ぎすてた。桜弥の足を広げ、自身の身体を割り込ませる。

ウィリアムの硬いものが、桜弥の秘孔に触れる。そこでようやく、彼が挿入していいか聞いていたことに気付く。

「え？　やっ………あっ！」

ウィリアムの屹立が、ゆっくりと桜弥の後ろへと挿入されていく。

指とは明らかに違う質量に、桜弥の息が止まる。十分解されていたため、痛みはないものの、自身の身体が開かれていくのがはっきりとわかる。

ギュっと拳を握りしめて圧迫感を堪えていると、ウィリアムの動きが止まった。

「サクヤ、きついから緩めて」

優しく、諭すように言われたものの、どうすればいいのかわからない。

すると、ウィリアムが桜弥のやわらかくなった性器を手のひらでふわりと包み込んだ。

「あ……」

慣れた快感に桜弥の身体は飛びついた。

そのままゆっくりと扱かれるうちに、後ろの圧迫感が少しずつ薄れていく。

「はっ………んっ………あっ」

桜弥の口から嬌声が漏れ始めたのを機に、ウィリアムがぐっと腰を進めた。

脳天を突き抜けるような衝撃が桜弥の身体にはしった。

剛直が全ておさまったのか、ウィリアムの下生えが肌に触れている。

ウィリアムが満足げな笑みを浮かべて、桜弥を見つめていた。

そのまま唇を啄むように口づけたウィリアムは、桜弥の小さな身体をギュっと抱きしめた。

「ひっ…………！」

桜弥の中にあるウィリアムの性器が動いて、敏感な部分が刺激される。

腰をもじつかせてもより擦れるばかりで、桜弥は途切れない快感に翻弄されてしまう。

「ふっ…………あっ……」

「サクヤは本当に可愛いね。……動くよ？」

ウィリアムが腰を揺らすと、目の前が火花が弾けたようにチカチカとする。

感じすぎて辛いくらいだった。

「あ……、ん………あ……っ」

苦痛を感じてはいないのがわかったのだろう。緩慢だったウィリアムの動きが少しずつ激しくなっていく。自然と桜弥の腰も揺れていた。

気持ちがいい。もっと、奥を突いて欲しい。

奥を突かれると、蕩けてしまいそうなほど快かった。

朦朧とする意識の中、ぼんやりと考える。

王子であるウィリアムは学院内でとても人気がある。もし自分がウィリアムの気持ちを受け入れなかったら、彼は別の誰かとこんな行為をするのだろうか。

ウィリアムが別の誰かを抱く、そう考えると、桜弥の胸がツキリと痛んだ。

嫌だった。他の人とこんなことをして欲しくない。僕だけに触れて欲しい。

そこで、桜弥は気付いてしまった。

ウィリアムが他の生徒と親し気に話しているのを見た時の、なんとも言えないもやもやとした気持ちの意味を。

——試してみる?

そんな言葉に頷いてしまったのは、ウィリアムの、特別な存在になりたかったからだ。

自分の想いに気付いて、思わずウィリアムの首にギュッとしがみつく。

「サクヤ……？　どうしたの？　痛い？」

桜弥は小さく首を振る。

ウィリアムの優しい言葉が嬉しい。彼と繋がれていることが、たまらなく嬉しい。

「僕……ウィルのことが好きなのかもしれません……」

たどたどしい告白の言葉に、ウィリアムが目を大きく見開いた。

「え？　ひっ……」

桜弥の中にある、ウィリアムのものがさらに大きくなった。

「わざと言ってるわけじゃないよね？」

「え？」

「いや……サクヤがかわいくてたまらないって思っただけ。だから、ごめんね？」

「へ？　ひっ……あっ…………！」

良いところを狙ったようにグリグリと刺激されて、与えられる快感のことしか考えられなくなる。

「ああ……っ！　あ……、あっ……！」

必死にすがりついて喘ぐ桜弥に、ウィリアムが愛おし気なまなざしを向ける。

「サクヤ……！」

苦し気に眉を寄せたウィリアムが、強く桜弥を抱きしめた。ウィリアムが達し、白濁が自分の中に注がれていくのを感じる。同時に、桜弥も自分の性器からも蜜をこぼした。

アルシェールでも扶桑帝国同様に同性婚は認められているが、ウィリアムはこの国の王子だ。桜弥だって、留学が終わればこの国を離れなければならない。

誰かに言われるまでもなくわかっていたが、桜弥は見て見ぬふりをした。

ウィリアムと過ごした時間はとても甘やかで、幸せで。ウィリアムの気持ちを疑った事など一度もなかった。

# 7

自分が管理する温室での仕事を一通り終え、研究所へ顔を出す。最近はそうするのが桜弥の日課になっていた。

これまでは、自分が職員に疎まれていると思っていたので、研究所には用事がなければ立ち入らなかった。けれどそれではアルシェールに来た意味がない、自分から交流を図るべきだと考えを改めたのだ。

何か仕事を任せてもらえないか。突然そんな事を言い出した桜弥を、訝し気な目で見る職員は少なくなかった。

微妙な空気の中、桜弥に声をかけてくれたのはロベルトだった。

猩炎病の治験に関して手伝えることはもうなく、アルシェールで広く使われている風邪薬の改良を依頼されたのだ。庶民でも利用しやすい価格で、より飲みやすくできないかということだった。

代替の薬草について意見を交わした後、来週に試作したものを見せようとしたのだが、申し訳なさそうにロベルトに再来週にして欲しいと言われる。

「すみません。明日から来週末まで休みをいただいておりまして」

研究所の職員は定期的に休みをとっているが、ロベルトはルイの主治医であるため、長期の休みをとるのは珍しい。

「どこか旅行にでも行かれるのですか？」

「あ、いえ……そうではなく。実は、結婚することになりまして……」

興味を引かれ聞いてみると、少しばかり照れ臭そうにロベルトが言った。

なるほど、そういうことだったのか。

「それは、おめでとうございます」

アルシェールでは結婚時に数日から数十日の休暇を取る慣習がある。夫婦によっては、旅行へ行ったりもするそうだ。

男女ともに二十代の前半までに結婚するのが一般的なこの国で、桜弥より少し年上のロベルトは適齢期を過ぎていた。結婚に興味がないのだと思ったが違ったらしい。

考えてみれば彼は貴族で、医学研究所に勤めるエリートだ。容姿だって整っているし、周囲が彼を放っておかないだろう。

「お相手はどなたか、お聞きしても？」

「研究所の警備を担当してくれている、リュックです」

「あ、ああ……！」

リュックのことは、桜弥も知っていた。

気持ちの良い爽やかな青年で、そういえば時折ロベルトと話しているのを目にしたことがある。

「とてもお似合いだと思います」

ロベルトは真面目すぎて根を詰めてしまうところがある。大らかなリュックならば、そんなロベルトを陰日向となって支えてくれるだろう。

「ありがとうございます……」

ロベルトの顔がほんのり赤くなった。

幸せそうなその表情を見れば、桜弥まで嬉しい気持ちになる。

「サクヤ様は、どなたか心に思うお相手はいらっしゃらないんですか？」

ロベルトのすぐ隣にいた若い職員が、桜弥に問うてくる。その瞬間、明らかに周囲の空気が凍り付いた。

僕も適齢期を過ぎているからなあ……。

心に思う相手、と言われて頭に浮かんだのはウィリアムの姿ではあったが、勿論正直に話すわけにはいかない。

「残念ながら、そういった相手はいないんです。どなたかと良いご縁があればいいんですが」

「結婚と言えば、王太子殿下が女王陛下に結婚を願い出たという噂がありますよね」

結婚の話題が出たからだろう。

おずおずと、別の職員が桜弥に視線を向けた。

「……え？」

ウィリアムのことを言っているのだろうが、彼と結婚という単語がすぐには結び付かなかった。

ウィルが結婚……そうだよね、とっくに結婚して子供がいたっておかしくない年齢だ。

兄のエドワードは二十三の時に結婚していたはずだ。

「お相手はランズベルク侯爵家のメアリー嬢だと聞きましたが、サクヤ殿下は何かご存じですか？　王太子殿下とは懇意にされていますよね？」

「残念ながら、何も聞いていません」

質問に答えながらも、ドクドクと心臓が早鐘をうつ。

どうして、自分はこんなにも動揺しているのだろうか。なんとか平静を装ったものの、桜弥の心はどんどん沈んでいった。

侯爵令嬢との結婚か……まあ、それはそうだよね。変な期待をしなくてよかった。

「あ、なんだ……やっぱりあっちのは、ただの噂だったんですね」

「噂を本気にしている令嬢もいますから、くれぐれもお気を付け下さい」

「……え？　え？」

先ほど質問をしてきた二人が口々に言うが、何のことだかさっぱりわからない。

「あの……もしかしてサクヤ様は王太子殿下との噂をご存じないのですか？」

気を利かせたのだろう、ロベルトが控えめに問いかけてきた。

「ええ、どういった噂でしょうか？」

「実は……王太子殿下が長い間結婚をしようとしなかったのは、その……サクヤ様をずっと想われているからだというものです」

「え……え!?」

「サクヤ殿下があまり表に出られないこともあり、噂を聞き付けた令嬢たちが真相を研究所に聞きに来ることがたまにあるんです」

初めて聞く話だった。困った顔で説明する職員の話を聞きながら、ようやく桜弥は自分が皆に気遣われていたことに気付いた。

「すみません僕……何も知らなくて……」

「相手は令嬢ですし、無下に扱えません。研究所近くで見かけたら距離をお取り下さい。言いがかりをつけられるかもしれません」

「わかりました。ありがとうございます」

「まあ、令嬢たちの気持ちもわからなくはないんですけどね。サクヤ様を王太子殿下がよく気にかけておられますし、お二人はとても仲が良さそうですから……」

何気ない職員の言葉に、ドキリとする。

ウィリアムと過去関係があったのを知られているのだろうか。それともスキンシップのキスを勘繰られたのだろうか。

「接し方が学院時代のままなので、誤解を生んでしまったのかもしれませんね。王太子殿下は、とても優しい方ですから」

桜弥がそう言えば、ロベルトたちが驚いたように顔を見合わせた。

「王太子殿下は誰にでも優しくするような人だとは思えないのですが……？」

「優しいというよりは、常に公平な人ですよね」

「わかる！　孤高の人！」

職員たちのウィリアムへの印象は、桜弥にとってかなり意外だった。

桜弥の目には、ウィリアムは誰に対しても常に優しく、たくさんの人に囲まれているように映っていたからだ。

「学院時代の王太子殿下は、どんな感じだったんですか？」

「王太子殿下はファギングをつけなかったそうですが、希望者が殺到したからだというのは本当ですか？」

ファンギングというのは、監督生や役職を持った上級生の身の回りの世話をする下級生のことだ。

「それもありますが、ファギングを小間使いのように扱う上級生が多かったため、それを戒める狙いがあったんだと思います」

靴磨きまでさせていた上級生がいたのだ。自主自立のためにはよくないとウィリアムは言っていた。

「なるほど、さすが王太子殿下ですね……！」

感動したように職員たちがいう。

質問に答えながらも、桜弥はウィリアムの結婚のことが気になってしまい心ここにあらずだった。

……やっぱり、ウィルとは少し距離を置いた方がいいかもしれない。

最近、ウィリアムは用事がない時にも温室を訪れては、他愛のない話をしていく。

離れていた時間を埋めようと、ウィリアムなりに努めてくれていることはなんとなくわかった。桜弥も、それに喜びを感じていた。

桜弥は親善のためにこの国に招かれているのだし、交流があるのは不自然ではない。けれど、同性婚が認められていることもあり、あまりに親しければ仲を勘繰る者もいるのだ。

桜弥はウィリアムの足枷だけにには、なりたくなかった。

ウィリアムの妃になるという侯爵令嬢だって、面白くないだろう。

今日の晩餐……どうしよう……。

ルイは用事があるらしく、久しぶりにウィリアムと二人きりだった。

先ほどの話を聞いた後では、とても楽しむ気分にはなれない。

自分の研究室に戻る途中、少し後ろを歩く真之をちらりと見る。彼はウィリアムと自分のやり取りを間近に見ているし、学院時代の事も知っている。

ここでは誰に聞かれるかわからないから後で真之に相談をしてみよう。

「サクヤ！」

溌剌(はつらつ)とした、明るい男性の声に呼ばれる。怪訝に思いながらも振り返れば、上背のある爽やかな青年が笑いながら手を振っている。

「……え、エドガー？」

名前を呼べば、彼は桜弥の下へ早足でやってくる。

「やっぱりサクヤだ！　久しぶりだな！」

「ひ、久し……わあっ」

桜弥が全てしゃべり終わる前に、エドガーは思い切り桜弥の身体を抱きしめた。

「はは、変わってないな～サクヤは。相変わらず細っこい！」

「エドガーは身長伸びたよね？　く、苦しいんだけど！」

桜弥が訴えると、エドガーは悪い悪いと言いながら離してくれた。元々長身で立派な体格をしていたが、十年のうちにさらに逞しくなっていた。

「いつ戻ってきたの？」

「昨晩！　いやあ、思った以上に長旅は疲れたよ」

口ではそう言いながらも、エドガーは全く疲れているようには見えない。

エドガーは植民地で総督の任についているはずだ。

休暇で戻ってきたのだろうか。

「サクヤは？　こんなところで何してるの？　浮かない顔をしてたけど……」

「自分の研究室に戻ろうとしてただけ……あ」

桜弥はハッと、つい先ほどまで自分が悩んでいたことを思い出した。

「なんだ？」

「お願いがあるんだけど……！」

エドガーが、ウィリアムと同じ青色の瞳を、大きく瞬かせた。

＊＊＊

オードブルとスープが終わると、メインの肉料理が運ばれてくる。

目の前に座ったエドガーはそれを豪快に切り分け次々と腹の中へと収めていく。

晩餐は料理を一皿ずつ提供されるため、周囲とペースを合わせずに食べるのは品がないとされている。だが、食べ方がきれいなせいか、そうは見えない。いっそ爽やかに見えるくらいだった。

「お腹……すいてたの？」

思わず桜弥が聞けば、エドガーがにっこりと笑った。

「お腹はすいてたけど、どちらかと言えば、アルシェールの味に飢えてたんだ。船の上の食事は似たようなものが続くから」

「突然晩餐を一緒にするという連絡が来た時には驚いたよ。いつ帰ってきたんだ？」

斜め前に座るウィリアムが、会話に加わる。

「昨日の夜だよ。今日は日が高くなるまで寝ていたんだけど、庭に散歩に出たら偶然サクヤに会ってさ」

「サザーランドで総督をしていたってことは、軍属だよね？　エドガーは学院を卒業した後、士官学校に入ったの？」

植民地の総督は、軍属の王族が任されるのが慣例だったはずだ。

「ああ。士官学校を卒業した後、しばらくはアルシェールにいたんだけど、五年前にサザーランドを任されて、ようやく帰ってきたんだ」

サザーランドは隣の大陸にあるアルシェールの植民地で、鉱物資源に恵まれている豊かな土地だ。多くのアルシェール人が入植している。

「サザーランドって、獣人もたくさん住んでいるんでしょう？　どんなところ？」

「いいところだよ。自然はいっぱいだし、空気もきれいだし。気候が穏やかだからかな。人間も獣人も、仲良く暮らしてる」

「へえ、いつか行ってみたいな」

自然がいっぱい、というエドガーの言葉には心惹かれるものがあった。何より人間と獣人が仲良くしている場所だという事にも強い興味を持った。

「それで？　アルシェールにはいつまでいられるんだ？」

ウィリアムが問えば、エドガーは驚いた顔をした。

「え？　アルシェール軍の司令官を任されたから、もうサザーランドへは戻らないよ。母上から聞いてない？」

「え？」

「サザーランドの独立を認めたことで関係も安定したし、俺がいる意味がなくなったんだ」

アルシェールは多くの植民地を持っているが、独立を望む国とはそれに向けた交渉を行っている。サザーランドもそのうちの一つだ。

大事な人事のように思うが、ウィリアムに知らされないものなのだろうか。

「……もしかして、陛下の悪い癖が出たかな？」

「悪い癖って？」

「女王陛下は人を驚かせたり、揶揄(からか)ったりするのがお好きなんだ」

「全然知らされていなかったよ。全く、困った趣味だ……」

苦笑するエドガーに、ウィリアムがわざとらしくため息をつく。

威厳に満ちたエミリア女王の意外な一面に、桜弥は目を瞬かせた。

「サザーランドにもう少し残ろうかとも思ったんだけど、母国はやっぱりいいもんだね。今はサクヤもいるし」

にっこりとエドガーが桜弥にほほ笑む。

「サクヤは医者になったんだよな。あ、そういえば聞いたよ！　ルイを助けてくれてありがとう」

「えっとそれは……」

心からお礼を言っているのがわかるだけに、とても気まずい。

ちらりとウィリアムを見れば、小さく頷かれる。話しても良いということだろう。

「あのね、エドガー……」

桜弥は事の顛末を、全て正直に話す。

エドガーならば吹聴(ふいちょう)することはないだろうし、それで軽蔑されたとしても、本当のことを話したかった。

エドガーは桜弥を責めなかった。それどころか思い切り笑われてしまう。

「そ、そんなに笑わなくても……」

「いや、ごめん。すごいことしでかしたのに、変なところで真面目なのがサクヤらしいといと思って。でもサクヤのお陰でルイの命が助かったのは間違いないだろう？　堂々としてればいいいんだよ。サクヤにはウィルがついてるんだし！」

「エドガー……」

「エドガーはもう少し謙虚（けんきょ）にした方がいいんじゃないか？　お前の副官がいつも事後報告で困っていると聞いているぞ」

口調こそ穏やかだったが、ウィリアムの言葉は手厳しい。兄弟仲が良いからこそ、こういった遠慮のない物言いができるのだろう。

「あ～、帰って来て早々にお説教はやめてくれよ……。ウィルは真面目過ぎるんだよ。サクヤも一緒にいると肩がこるだろう？」

「え……？」

突然話を振られ、桜弥は言葉につまる。

「お前と違ってサクヤは真面目だからそんな心配は不要だ……お前と一緒にするな」

「あはは、それもそうか。何度か授業をサボって遊びに行かないか誘ったけど、いつも断られたし」

「サクヤ、そんなことがあったの？」

「ありましたけど、エドガーもなんだかんだ言って授業に出ていましたよ」

「一人でサボってもつまらないからな」

呆れた顔をするウィリアムを一切気にせず、エドガーはにこにことデザートを口にしている。

そういえば、昔から二人はこんな感じだった。三人で会話をしていると、学院時代に戻ったかのようだ。あの頃の記憶が次々に蘇ってくる。

楽しかったなあ……。

ウィリアムの本心を知らなかったあの頃に戻れたら、どれだけ幸せだろう。

二度と過去には戻れない。自分たちは大人になり、それぞれに重い責任を負っている。

だけど今だけは、全てを忘れて会話を楽しむことにした。

＊＊＊

「あ……」

温室の扉を開けたところに、ちょうどウィリアムがやってきた。ウィリアムはいつも通りの隙のない姿だったが、その表情はどこか冴えない。

「何か御用でしたか？　これから研究所に行くところなんですが……」

申し訳なさそうにそう言えば、ウィリアムが片眉を上げた。

「一緒に三時のお茶をしないか、誘いに来たんだけど」

そんなもの、ウィリアム自ら足を運ばなくとも、従者に頼めば良いのに。

エドガーとの晩餐の日以降、誘いを断り続けていたからかもしれない。温室にいる時間もずらしている。

「今日は既に約束がありまして……」

嘘じゃない。本当にエドガーとの約束がある。ただ、正直にそれを伝えるとウィリアムが同席してしまいそうなので言わないでおく。

「誰と？」

「えっと、研究所の人と……」

「じゃあ、明日は？」

「明日も、無理です」

不自然なのは自分でもわかっている。これまで研究所の人とお茶なんてしてこなかったのだから当然だ。嘘がバレないだろうかと冷や汗をかく。

桜弥の拒絶にウィリアムが表情を曇らせた。

「エドガーに何か言われた？」

「え？」

「あいつが戻って来てから、サクヤおかしいよ」

「そんなはずは……」

それは違う。

おかしくなったのはウィリアムと距離を置こうと決めたからであって、エドガーは関係ない。ちゃんと否定しなければ、と口を開きかけた時だった。

「王太子殿下、そろそろ会議のお時間です」

従者の声に、ウィリアムの眉間に皺が寄った。

だが無視することはできなかったのだろう。ため息を一つついて、踵を返した。

「……また来る」

ウィリアムが去り際に残した言葉に喜んでしまう自分がいる。

会っても困るだけなのに。

「ウィルと喧嘩でもした？」

「え？」

三時のお茶の時間、ちょうど真之がお湯をもらいに席を外したタイミングで、エドガーが聞いてくる。

長期の任務を終えたエドガーは長い休暇を得たらしく、時折ルイを連れて温室にやってくる。今日は珍しくルイはおらず、エドガーだけだった。

テーブルの上の、宝石のようにきれいなゼリー菓子は、エドガーが持ってきてくれたものだ。礼を言えば、ウィルから、と意味深な笑いを浮かべられた。

誘いを断っていなかったら、ウィリアムが手土産として持ってきてくれたのかもしれない。ウィリアムを避けているのは桜弥なのに、寂しく感じてしまい自嘲する。

「……別に、してないよ」

軽く答えたつもりではあったが、どことなく声が沈んでしまった。

「悩み事があるなら、聞くけど？」

口調は明るかったが、エドガーの顔は真剣だった。

エドガーは懐が深いし、桜弥の性格もよくわかっている。

今の自分の気持ちを相談しても、呆れることはないだろう。ウィリアムを未だ想い続けている自分を心配するはずだ。なんにせよ、困らせてしまうことは目に見えている。

「……ありがとう。でも、今は話せない。もう少し心の整理がついたら、聞いて欲しい」

取り繕うように笑いを浮かべれば、エドガーは小さくため息をついた。

こんな時、無理に聞き出そうとしないところがエドガーらしかった。

「わかった。でも、ウィルには話しておいた方がいいんじゃないか？　あいつ拗ねるぞ？」

ウィリアムに相談なんて告白するのと一緒だ。できるわけがない。

悩みを解決するのには手っ取り早いだろうが、振られる勇気はまだなかった。

「うん……そうだね……」

桜弥がウィリアムに相談する気がないのはエドガーもわかったのだろう。

何か言いたげな顔をされたが、真之が戻ってきたことでこの会話はそこで終了した。

＊＊＊

王宮の中庭では、煌びやかに着飾った男女が歓談していた。

暖かくなってきた春先、ガーデンパーティーは頻繁に行われている。だが、いつもと様子が違うのは、この場にいるのが年頃の者ばかりだからだろう。どことなく皆気合が入っているように見える。

「実質、見合いの場だからな」

「え？」

雰囲気に馴染めず、端の方でパーティーの様子を眺めていた桜弥に、エドガーが教えてくれる。

「年に一度開かれる女王主催のガーデンパーティーに招待されるのは、武官文官問わず、将来を約束された人間ばかりなんだ。婚約者のいない妙齢の女性たちにとっては、格好の出会いの場ってわけ」

「な、なるほど……」

貴族といえど、伝手がなければ知り合うことは難しい。有力者に間に立ってもらうと、断れないというジレンマに陥ってしまう。しがらみなく、未婚の人とたくさん出会えるなんて、そうそうない機会だろう。気合が入るはずだ。

ふと、令嬢や青年がこちらにちらちらと視線を向けていることに気付く。視線の先にいるのは勿論桜弥ではなく、エドガーだ。

「……エドガーも行って来たら？」

「へ？」

王子であり軍の司令官を任されているエドガーは将来が約束されている。

長身の逞しい身体を持った、爽やかな美丈夫ともなれば、周囲は放っておかないだろう。

恋人もいないようだし、せっかくの機会を活かすべきだ。それに、自分の傍にずっといては、また変な噂になりかねない。

「え？　だけど……サクヤが一人になるだろう？」

「一人でも大丈夫だよ。このままエドガーを独占していたら、僕が恨まれそう」

だから、ちょっとは他の出席者たちと話してきた方が良い。桜弥がそう言えば、少しだけ話してくると会場の中心へ向かっていった。

その途端、待っていましたとばかりに令嬢令息たちがエドガーに詰めかけた。その勢いに、さすがの彼もたじろいでいる。

桜弥は中庭の花々に視線を移す。春の訪れを告げると言われている、リリアやアカミアの花々が咲き乱れている。

残念ながら、将来の結婚相手を見つけるのに必死な出席者たちの目には入っていないようだ。

そんな時、突然わあっと歓声があがった。

パーティーの主催者である女王陛下が来られたようだ。年齢を感じさせない、堂々とした立ち姿が美しい。

エスコートをしているのは、ウィリアムだ。てっきりランズベルク侯爵令嬢をエスコートするのだと思っていたので、ほっと撫で下ろす。

頭では理解していても、ウィリアムが誰かと寄り添う姿は見たくはなかった。

ふいに、ウィリアムと目が合った。にっこりと微笑まれ、桜弥もぎこちない笑みを返す。

そのやりとりに気付いた女王が、ウィリアムに何か言い、真っ直ぐこっちに向かってきた。

「本日は、お招きいただきありがとうございます」

少し緊張しながら、膝を折って礼をすると、女王の頬が僅かに緩んだ。

「久しいな、サクヤ殿下。こちらの生活には、もう慣れたか？」

「はい、皆様にとてもよくして頂いております」

笑顔で答える。ウィリアムが話しかけたそうな素振りを見せるが、それに気付かぬふりをして、桜弥は女王だけに集中する。

「ルイを助けてくれたことへの礼をしたいと思っていたんだが、随分遅くなってしまった。改めて場を設けるつもりだが、何か望みがあれば申すがよい。むろん、聞けぬことはあるが」

「それは……大変光栄なお申し出ですが……」

思ってもみなかった女王の言葉に、桜弥は戸惑う。

一瞬、ルイの花祭りへの参加許可を願おうかとも考えたが、口には出さなかった。迷惑をかけた自分に何か願う権利はないと思ったからだ。

「遠慮することはないよ。陛下はすべて承知の上で仰っている」

逡巡する桜弥に、助け船を出すようにウィリアムが言った。

断りにくい雰囲気に、桜弥は必死で何かいい答え方はないか考えるが出てこない。

「……ありがとうございます。少し、考えさせてください」

結局、先延ばしにする。女王は鷹揚（おうよう）に頷き、パーティーを楽しむよう言葉をかけてくれた。会話の終わりを察して桜弥は礼をして二人が離れるのを待つ。

「サクヤ、後で話そう」

「ええ、ぜひ」

ウィリアムの声かけにも素直に応じる。

噂の事もあり公の場であまりウィリアムと懇意にするのは良くないが、他人の目があるところで邪険にする方がもっと良くない。女王のエスコートがあるので、実際にこのパーティー中に話すことはないだろう。

女王に話しかけられたことで、学院時代の友人が桜弥に気付いて話しかけてくれ、思いの外楽しく過ごせた。なぜか皆、このパーティーに桜弥が参加していることを訝しんでいたのが気にかかったが。

出席者の中には少ないながら獣人がいるのも嬉しかった。

それにしても、さすがにそろそろ疲れたな……。

自分の対応で母国の印象が左右されかねない立場にいる桜弥にとって、パーティーは疲労がたまりやすい。

エドガーが戻ってきたら退出しようと決め、軽食をつまんでいた時だった。

「扶桑帝国の皇子というのは、貴方かしら？」

突然聞こえてきた険のある高い声に、びくりと桜弥は反応する。

声の方へと視線を向ければ、一際華やかな衣装を纏った女性が立っていた。取り巻きだろうか、同じような年頃の女性を二人連れている。

「はい、そうですが……」

「やっぱり。いくら質の良い衣装を纏っていても、その耳ですぐにわかりましたわ」

女性が、桜弥の頭の上に視線を向けて嘲るような笑みを浮かべた。声色と態度で、この女性が獣人に対してあまり良い印象を持っていないことがわかる。

学院時代にもいたなあ、こういう人……。

今はそういった人間とは接していないこともあり、懐かしさと共に、新鮮さすら覚えていた。

「お名前を伺ってもよろしいでしょうか？」

暗に挨拶すらできないのかと桜弥が促せば、女性は一瞬表情を歪(ゆが)めたものの、すぐに居丈高に言い放った。

「ランズベルク侯爵、マイルス・ウイバリーが息女、メアリーですわ」

なるほど、ウィリアムの結婚相手だと噂されている侯爵家の令嬢というのは、彼女の事だったのか。

あまりにも不躾だったせいか、彼女を前にしても桜弥は動揺することはなかった。

そもそも、まだ正式に婚約者にもなっていないのだ。いくら扶桑帝国がアルシェールの保護国とはいえ、侯爵家の令嬢が皇子相手に取る態度ではない。とはいえ、それに目くじら立てるほど桜弥も子供ではない。

「初めまして、メアリー嬢。扶桑帝国の第七皇子、桜弥です。僕に何かご用でしょうか？」

身分を考え軽く頭を下げるに留めたが、それが気に入らなかったのかもしれない。

「あなたとウィリアム殿下の不愉快な噂を耳にしましたけど、くれぐれも勘違いなさらないでくださいね」

にっこりと笑顔を浮かべて言ったメアリーの目は、全くと言っていいほど笑っていなかった。きっと研究所で聞いた噂の事を言っているのだろう。

「王太子殿下が結婚されなかった理由、の噂ですね。僕もつい先日知りました。王太子殿下が気遣ってくださるのを誤解されたようで、僕としても困っています」

女王主催のパーティーでトラブルは起こしたくない。

心底困ったように返すと、メアリーは溜飲を下げたようだった。

「ウィリアム殿下は優しい方ですから、貴方のような方でも放っておけなかったのかもしれませんね」

勝ち誇った笑みを浮かべて、背後の令嬢たちに視線を向けた。

「皇子と言っても、獣人ですものねえ……」

「しかも、未開の国の皇子ですし」

クスクスと可愛らしく笑いながら、令嬢たちが失礼な事を言う。

「王太子殿下の妃に相応しいのは、しっかりとした後ろ盾のある人間ですの。だからこそ、私が選ばれましたのよ。獣人の貴方が王太子殿下の手を煩わせるなんてとんでもない。ご迷惑にならないよう、身を引く事ね」

それだけ言うと、メアリーは取り巻きの令嬢たちを連れてその場を去っていった。

なんだったんだろう……？

嵐のような出来事に、桜弥はしばし茫然とする。

メアリーたちは言うだけ言って満足したのか、機嫌良さそうにウィリアムに話しかけている。

メアリーがウィリアムの結婚相手だという噂を皆知っているのだろう。ウィリアムを囲んでいた者たちは、素直にメアリーに場所を譲っていた。

ウィリアムもメアリーに、にこやかに応じている。

彼女が婚約者だなんて……、ウィルの趣味、悪いんじゃないの？

「サクヤ、大丈夫か？」

「あ……」

気が付けば、心配げな顔でエドガーが桜弥の隣に立っていた。

「いや、なんでもない。ありがとう」

差し出されたグラスを受け取り、口をつける。

冷静にならなければとは思うものの、内心毒づかずにいられなかった。

メアリーの立場からすれば、桜弥とウィリアムの噂は気持ちが良いものではないだろうが、事実確認もせずに決めつけて話すような人が将来の王妃でいいのだろうか。

もっと他に良い相手がいるのではないだろうか。

あの様子では、桜弥がウィリアムと友人でいることすら、文句を言いそうだ。

桜弥は深いため息をつく。ウィリアムへの想いに終止符を打つには、これ以上ないほど良いタイミングだろう。

楽しそうに会話をするウィリアムとメアリーから、桜弥は無理やり視線を逸らした。

## 8

温室の中には、ルイとエドガーの楽しそうな声が響いていた。

「えーっとじゃあ、これは？」

「あ？　うーん……ミチヤコべ？」

「ブー！　違うよ！　それはヘルライ。ミチヤコべはこっちのお花」

「一緒じゃないのか？」

「よく見ると葉っぱの形が違うでしょ？」

ウィリアムに買ってもらったばかりの図鑑をエドガーに見せながら、ルイが説明する。

「ああ、本当だ。すごいな、ルイは草花が本当に好きなんだな」

エドガーがそう言って頭を撫でると、ルイは得意そうな顔で胸を張った。

元々子供が好きなのか、エドガーはルイの相手がとても上手だった。

「うん、大好き。だから、本当は花祭りにも行きたいんだ……だめ？」

「うーん、それは難しいだろうな」

二人の会話から、ルイが花祭りを諦めきれてないことを知る。あれから体調もほとんど崩していない。なんとかルイを連れて行ってあげたいのだが、それにはウィリアムの許可がいる。彼を避けている今は、ちょっと相談しにくかった。

「ルイが猩炎病だったなんて、信じられないくらい元気だな」

「うん、最近は身長も伸びて、体重も増えてきたんだよ」

休憩スペースにルイとエドガーが戻ってくる。

二人が遊んでいる間に淹れた薬草入りのお茶を出す。

エドガーはそのまま、ルイは蜂蜜を入れて甘くして飲むのが好みだ。

「このお茶はね、飲むと身体の中をポカポカにして、身体を元気にしてくれるの」

ルイはエドガーにお茶の説明を始めた。

「へえ、よく知ってるな。ルイはお医者さんみたいだな」

「ルイは大きくなったら、お医者になるんだもんね」

桜弥がそう言えば、ルイは笑顔で頷いた。

猩炎病が治ってしばらくした頃だった。

自分の病を治してくれたのが桜弥の薬だとウィリアムから聞いたルイは、自分も医者になりたいとキラキラした瞳で言ってくれたのだ。

「え？　ルイは王様になるのに？」

「え……？」

エドガーの言葉に桜弥は首を傾げた。

ルイはと言えば、きょとんとエドガーを見つめたあと、大きくうなずいた。

「うん！　僕、お医者にもなるけど王様にもなる！」

「そうか、それはいいな」

エドガーは笑みを浮かべ、ルイの頭を撫でる。

桜弥は慌てて周囲を確認する。

真之はもちろんエドガーの従者もルイの乳母も少し離れた場所にいるため、自分たちの声は聞こえていないようだ。ほっと胸を撫で下ろす。

お茶を飲み終わったルイに、再び温室の散策に誘われ、桜弥とエドガーも立ち上がった。

「エドガー、さっきのことだけど……ルイにあんなこと言わせて大丈夫なの？」

声を潜めてすぐ隣にいるエドガーへと話しかける。

「あんなこと？」

「王様になるって……」

「ああ、ここにいるのは信用できる人間ばかりだし、大丈夫だろう？」

ちゃんと身辺調査はしているよ、と見当違いなことを言うエドガーに頭を抱える。

「いや、そういうことじゃなくて……。ウィルの次に王位につくのはウィルの子供でしょう？」

「え？　サクヤって子供産めるの？」

なぜ自分の名前が出てくるのかわからない。

さらに、一拍遅れて言葉の意味を理解して、慌てて首を振った。

「いや産めないよ、男なんだから……ってなんでそんな話に⁉」

「だってサクヤがアルシェールに戻ってきたのは、ウィルと結婚するからだろう？」

「いやいやいや親善のためだから！」

当たり前のように聞かれ、桜弥が否定すれば、エドガーが驚愕した。

「はあ？　どういうことだよそれ？」

桜弥はちらりとルイを見る。薬草と図鑑を見比べるのに忙しく、聞いていないのを確かめてから、エドガーに身を寄せる。

「ウィルと僕はそういう関係じゃないよ。……その、僕との関係は遊びだったみたい」

口にするだけで、ズキズキと胸が痛んだ。

「十年前、ウィルが他の生徒と話してるのを聞いちゃったんだ」

エドガーは眉間に皺をよせ、何か考え込む。

「その話……ウィルにはしたのか？」

　桜弥は首を振る。

「してないよ」

「なんで？」

「今更だよ……もう遅い」

「遅いって……なんで？」

「だって、ウィルにはメアリー嬢がいるし……」

　ウィリアムが何を考えてキスをしたのか気になってはいたが、聞いたところで桜弥の想いは叶わない。ウィリアムの相手は決まっているのだ。

「メアリー嬢？」

「ランズベルク侯爵の御息女だよ。ほら、ガーデンパーティーにもいた……結婚するみたいだよ」

「ああ……あの噂の……。ウィルからは何も聞いてない……んだろうね？　サクヤの様子からすると」

　エドガーが短いため息をついた。

「もう、サクヤは好きじゃなくなった？」

「それは……好き……だけど……」

だからといって、もうどうしようもない。

「どういうこと？」

突然、低い声が会話に割り込んでくる。はじかれた様に桜弥は振り返った。そこには、ウィリアムが厳しい顔をして立っていた。

ど、どうしてウィルがここに？

エドガーとの話に集中していたからだろう。全く気が付かなかった。

ウィリアムを好きだと言ったのを聞かれてしまっただろうか。心臓がバクバクする。

「二人はいつからそういう関係だったの？」

「え？」

剣呑としたウィリアムの言葉は、桜弥とエドガーへ向けられている。そこでようやく、ウィリアムが何か誤解をしていることに気付く。

「ち、違います、エドガーは僕の事を心配してくれていただけで……」

「サクヤは、心配してくれた人に好きって言うの？」

「落ち着けウィル、お前勘違いを……」

「落ち着けるわけがないだろう!?」

声を荒げるウィリアムに、エドガーがうんざりした表情で額に手を当てる。

「あ〜もう、面倒くせえな……」

「そうやって誤魔化す気か！」

ウィリアムが眦を吊り上げ、エドガーへと詰め寄る。

ウィリアムの誤解を解かなければと思うのだが、あまりの剣幕に身体が強張って動かない。

「喧嘩しないで！」

その時、ルイが二人の間に割って入った。

「どうして喧嘩するの？」

幼いルイに問われ、冷静になったのだろう。気まずげに二人が視線をそらした。

ルイは子供ながらに妙に迫力があり、血筋を感じさせる。

「え……いや……」

「その……」

口ごもった二人を、ルイが真っ直ぐに見つめる。

「嫌なことがあったら、それをちゃんと言葉で伝えましょうって先生言ってたよ」

先生というのは、ルイの教育係のことだろう。

桜弥も何度か顔を合わせた事があるが、男爵位を持つ温厚そうな老紳士だ。

「だから、ちゃんとお話して仲直りをして。叔父上たちが喧嘩するのは嫌だよ！　サクヤだって、嫌だよね？　怒りんぼな人は嫌いだよね？　お、怒りんぼな人は……結婚だってしてもらえないよ……」

話しているうちに、悲しくなってきてしまったのだろう。

「うっひっく……う、うわ――――ん！」

「ルイ……」

桜弥がルイの身体を抱き寄せれば、ギュっとしがみついてきた。

「ルイ、悪かった……。だから泣かないでくれ」

「ごめんな、別に喧嘩をしてたわけじゃなくて……」

おろおろと、ウィリアムとエドガーがルイに声をかける。

「あ、謝るのは、僕に、じゃないでしょ？」

瞳からはポロポロと涙を流しているというのに、ルイははっきりと口にした。

二人はバツが悪そうに、顔を見合わせる。

「話も聞かず、一方的に言葉をぶつけて悪かった」

「いや、俺の方こそ……ごめん」

思いのほか、素直に二人は謝りあった。

「……ちゃんと仲直りした？」

涙声でルイが二人に聞く。

二人がほぼ同時に頷けば、ルイが満足気に微笑んだ。

エドガーはため息をつくと、ルイの小さな身体を抱き上げた。ルイも抵抗せず、その肩に手を回す。

ルイをあやしながら、エドガーが桜弥とウィリアムを見る。

「とにかく……お前らはちゃんと話し合え。サクヤ、奥手なのはわかるけどいい加減腹をくくれ。ウィルも、一方的に気持ちを押し付けるんじゃなく、サクヤが話しやすい空気を作ってやれ」

巻き込んでしまった自覚があるだけに、桜弥は何も言い返せない。

「全く……なんで大人になってまでお前らのキューピッドやらされてるんだ俺は……。とりあえず、俺たちは帰るからな」

エドガーはルイを抱えたまま温室を出て行った。

ウィリアムの間になんともいえない、気まずい空気が流れる。

「サクヤ、さっきの話だけど……」

「は、はい……」

けれど、その時気付いてしまった。

少し離れた場所にいる真之とウィリアムの従者が生温かい笑みを浮かべていることに。

あれだけ大きな声を出していたのだから、聞こえていない方がおかしいだろう。

ウィリアムの従者がどこまで知っているのかはわからないが、彼らの前で込み入った話をするのは憚（はばか）られた。

「あの、ウィル……。できれば、二人だけで話がしたいんですが……」

「わかった。人払いを……」

「こ、ここだと落ち着かないので。できれば、ウィルの部屋だとありがたい……です」

自分たちには変な噂がある。温室へいつ誰がこないとも限らない。

「サクヤがいいのなら、そうしよう」

緊張から、ごくりと唾を飲み込む。

エドガーに言われた様に、もう腹をくくるしかなかった。

＊＊＊

王太子であるウィリアムの部屋の前には、屈強な衛兵が扉の両端に立っていた。ウィリアムが桜弥を連れてきたことに対しても表情を変えることなく、扉を開いた。

さすがは王太子の部屋とでも言うべきか、壁には絵画が飾られ、調度品は手が込んでいる。何もかもが最高級品でとても豪奢なのに品があった。

窓際にあるコンソールテーブルの上の小さな花が自然と目に留まった。数日前、ルイがウィリアムにあげるのだと摘んでいた花だ。大事にされているのがわかる。この部屋で一番ウィリアムの人柄を表している。

「座って、サクヤ」

「あ、はい……」

ウィリアムに促されるままソファに座れば、なぜか隣にウィリアムが腰かけた。流れるようにメイドがお茶の用意をし退室する。

桜弥はこっそりと深呼吸し、手のひらをギュっと握りしめて覚悟を決める。

「もっと早く、お話ししなければいけないと思っていました……」

ウィリアムのペースに巻き込まれてしまえば、何も言えなくなるのはわかっていた。だから、桜弥は自分から話を切り出した。

「ウィル、僕はあなたと距離を置きたいと思っています」

口にした瞬間、桜弥の胸がズキリと痛んだ。

十年という時が経っても忘れることができなかった相手に、自ら決別の言葉を口にしたのだ。予想していた以上に心が軋んだ。

ウィリアムの表情は凍り付いていた。彼の美しい顔が、こんなにも悲壮感に溢れているのを、桜弥は見たことがなかった。

「どうして……やはり、エドガーと……」

「違います、エドガーの事は好きですが、あくまで友人としての好意です」

「だったら、どうして？　エドガーが帰国してから、サクヤの態度は明らかにおかしい。学院時代から二人は仲が良かったし、今考えれば、エドガーといる時の方がサクヤは笑っていることが多かった」

噂を知ったタイミングがたまたま同じだっただけで、エドガーは全く関係ない。

それに、たとえエドガーのことを恋愛相手として好きだったとしても、ウィリアムが気にするのは変だ。兄として認められない、ということだろうか。

「あの……ウィルはどうして僕とエドガーの仲を気にするんですか？」

「どうしてって……わからないの？」

ウィリアムは困惑したように言うが、わからないから聞いているのだ。

「わからないですよ。ウィルの態度を見ていると、まるで僕のことが好きみたいです。……そんなはずはないのに」

最後に否定の言葉を付け加えたのは、ちゃんと自分の立場はわかっていると、勘違いなどしていないとそう伝えたかったからだ。

「どうして、そんなはずはないと思うの？」

「……結婚するんでしょう？」

「え!?　ま、まあ……結婚できたらいいなあとは思ってるけど……」

照れた表情を浮かべるウィリアムに、もやもやした気持ちになる。

どこかでウィリアムが否定してくれるのではないかと期待していたのだろう。

「だったら、誤解させるような行動は慎むべきです。メアリー嬢がかわいそうです」

結婚相手の名前を口にすれば、ウィリアムの顔が思い切り引きつった。

「メアリー嬢？　なんでその名前が今出てくるんだ？」

「結婚されるんでしょう？」

本気で、とぼけるつもりなのだろうか。

「誰がそんな嘘を言ったんだ!?」

「メアリー嬢ご本人ですが？」

ウィリアムは一瞬固まった後、苛立たし気に大きなため息をついた。

「まさか、そんなはずはない。確かにそういう話はあったが、とっくに断っている」

ウィリアムが嘘をついているようにはとても見えなかった。

あの噂は嘘だったのだろうか。でもメアリーは自分が選ばれたと言っていた。それに結婚できたらいい、と先ほど言っていたのはなんだったのだろうか。

訳がわからなかった。

「女王陛下に結婚を願ったというのもただの噂ですか？」

「……それは心当たりがなくもない。俺もいい年齢だし、誰か心に想う相手はいるのか聞かれたから、いると答えただけだ」

「想う相手がいるのなら、なんで僕なんかのことを……」

気にするんですか。そう言いかけた言葉は、ウィリアムに途中で遮られた。

「いや、なんでそこで桜弥は自分を排除するんだ？」

「え？」

「自分のことだと思わないの？」

幻聴だろうか。

桜弥は目を瞬かせた。

「え、そんな……ありえない……」

「……俺との結婚が、ありえないってこと？」

ウィリアムの声は明らかに気落ちしていた。

「いや、だって……僕は獣人ですし……」

「関係ないよ。扶桑帝国はアルシェールの保護国だし、サクヤは側室腹とはいえれっきとした皇族で、身分的にもなんの問題もない」

「男なので、子供も産めませんし……」

「ルイがいる。むしろ、産めない方が王位継承問題が持ち上がらなくていい。サクヤが子供を育てたいのなら養子をとってもいいけど……」

そこで、はたと気付く。

いつの間にか、自分とウィリアムが結婚する方向に話が進んでいる。

「え？　だって……僕の気持ちは？」

「サクヤの気持ち？　サクヤは俺の事が好きだろう？」

笑顔で答えられ、絶句する。

確かにその通りではあるが、素直に認めるのは少しばかり口惜しかった。

「アルシェールに招いたら来てくれたし、最初こそ距離を感じたけれど、こちらが会おうとすれば会ってくれるし、キスだって嫌がる様子はなかった。エドガーと何もないのなら、サクヤの気持ちは俺にあるとしか思えない」

ウィリアムが桜弥の両手を優しく包み込むように握る。

「勿論、俺の気持ちもサクヤにあるよ。ずっと、サクヤのことだけが好きだった」

美しい微笑みと共に、これ以上ないほど甘い言葉をかけられる。

顔は瞬く間に赤く染まるのが自分でもわかったが、桜弥はぶるぶると顔を横に振った。

「う、嘘ですよ！　だって僕、聞いたんですよ？　扶桑に帰る前、他の生徒の愛人にするなら他の相手を選んだ方がいいって言葉に対してウィルが、獣人だから物珍しかっただけで、本気じゃないって言ったのを！」

桜弥の叫びを聞いても、ウィリアムは動じなかった。

「……何か、言う事はないんですか？」

弁明くらいしてくれてもいいのではないだろうか。そんな気持ちをこめて言えば。

「獣人だから珍しかっただけ、確かにその言葉には覚えがある。その続きも。サクヤは聞かなかった？」

ウィリアムが、穏やかに問うた。

「続き？」

「……最後に会った日、サクヤの様子がどこかおかしかった理由がようやくわかったよ。でも違ったんだね」

再会した時のぎこちない態度は、てっきり待たせすぎてしまったからだと思っていた。で
「どういう、ことですか……？」

「十年前、獣人であるサクヤとの関係を良く思わない者も多かった。だけど俺はサクヤと別れるなんて考えられなかった。だから……」

ウィリアムがじっと桜弥を見つめる。

「こう言ったんだ。『獣人だから物珍しかっただけで本気じゃない。……と言って欲しいんだろうが、遊びで他国の皇子と恋仲になり、わが身可愛さに捨てるような薄情な人間ではないつもりだ。君たちにとっても、サクヤは友人だろう？　いつか俺の恋人を、君たちの友人を再びこの国に迎えられるように、協力してくれないか』と……」

桜弥はウィリアムの言葉を茫然と聞く。

あの言葉に、そんな続きがあったなんて知らなかった。

同時に、再会した旧友たちがお見合いの場でもあるガーデンパーティーに桜弥が参加してたことを訝しんでいた理由もわかった。

「リチャードには、俺の覚悟を試したと言われたよ。お陰で、なぜ結婚しないのかと彼ら

からせっつかれている……」

ウィリアムは困ったように首を振る。

リチャードというのは、ウィリアムが懇意にしていた陸軍大臣の息子だ。いつも素っ気なくて、獣人が嫌いなのだとばかり思っていた。

桜弥は驚きすぎて、しばらくの間口が開けなかった。だがウィリアムは何も言わず桜弥の気持ちが落ち着くまで待ってくれた。

「……僕が、他の人と結ばれる可能性は考えなかったんですか」

「勿論考えた。兄夫婦は勝手にルイを俺に託して死んでしまうし、周囲は結婚しろとうるさいし。一歳しか変わらないんだ、結婚の話も出てるんじゃないかと気が気じゃなかった。だけどそれでも……サクヤを諦める気にはならなかった」

ウィリアムが、優しく桜弥に微笑んだ。

一方的に誤解されていたにもかかわらず、怒るどころか良かったと愛を囁いてくれるウィリアムに、胸がいっぱいになった。

「僕はバカです……勝手に裏切られたと思って、この国に呼ばれたのも人質のようなものだと勘違いして……」

はらりと目から涙が零れ落ちた。

「ごめんなさい……」

「サクヤ」

ウィリアムが、桜弥の身体を優しく抱きしめる。桜弥が好きなウィリアムのミュゼの香水のにおいが、鼻孔をくすぐった。

「いいんだ……君の誤解が解けたのなら。だけど、随分遠回りをしてしまったね」

「本当に、僕でいいんですか？」

「サクヤ以外、考えられない」

「ありがとうございます……ずっと、好きでいてくれて。僕の事を、諦めないでいてくれて」

ウィリアムは何も言わなかった。

ただ腕の力を弱め、桜弥の唇にゆっくりと自身のそれを重ねた。優しいキスは、徐々に深くなっていった。桜弥も、ウィリアムに応えるように舌を絡ませる。

「……ベッドに招いたら怒る？」

長いキスの後、耳元で囁かれた。

桜弥はふるふると首を横に振る。

「怒りません。僕も……あなたと抱き合いたいから……って……わっ？」

突然、身体がふわりと浮いた。ウィリアムが、桜弥の身体を横抱きにして立ち上がったのだ。そのまま寝室へ向かおうとするウィリアムを、桜弥は慌てて止める。

「ま、待ってください……その前に湯浴みを……」

「悪いけど、待てそうにない」

それに、とウィリアムが桜弥の首筋に鼻を近づけた。

「サクヤの身体からは、花のかおりしかしない」

桜弥が恥ずかしさに視線を逸らせば、ウィリアムは楽しそうに笑った。


何度も口づけを交わしながら、ウィリアムが桜弥の身体に触れていく。桜弥がキスに夢中になっている間に、上着やベストを脱がされシャツを乱される。

十年ぶりだからだろうか、妙に緊張してしまう。

別に、初めてってわけでもないのに……。

ウィリアムが身体に触れるだけで、身体が熱くなる。

「あ……っ」

あらわになった胸の尖りを指で摘まれると、ピリッと全身に電流が走った。

口づけが首筋から鎖骨へと下りていく。湿った舌と指の両方で執拗に嬲られ、まるでねだるように小さな尖りが固く勃ち上がる。

感触を楽しむように転がされる度に、下半身に熱が溜まっていった。

「そ、そこばかり触るのをやめてください……あ！」

やめさせようとすれば、叱るようにウィリアムに尖りを甘く噛まれ、桜弥は腰を震わせた。

「胸だけでこんなに感じちゃうサクヤが可愛すぎるのが悪いんだよ」

そう言って、何度も肌に口づけを落とされる。

「か、可愛くなんてありません……！　もう、二十六ですよ!?」

「そうだね、確かにあの頃よりは大人になった。だけど、それでも可愛いと思う気持ちは変わらないんだから、仕方ないだろう？」

ウィリアムが、優しく笑む。

「ずるいです……その笑顔」

「可愛いサクヤが、自分の手でますます可愛くなるんだから、笑顔にもなるよ」

桜弥を抱きしめながら、ウィリアムが下肢に手を伸ばす。ズボンの上から臀部をさらりと撫でた後、前へと手が動き、やわく中心を包み込まれる。

キスと胸への愛撫だけ反応していることが知られてしまい、ひどく恥ずかしい。

「あの……ウィル、この部屋……明るすぎませんか？」

「そう？」

「そ、そうですよ。だから、もっと暗くして欲しいなって……」

夕方にもなっていないこの時間、カーテンは全て開いており室内は明るい。

ウィリアムが少し考える素振りを見せた後、天蓋から垂れている薄布の留め紐をほどく。

確かに先ほどよりは暗くなったものの、お互いがはっきりと見えることに変わりはない。

間が空いてしまったせいだろうか。

これでいいだろうとばかりにウィリアムが再び手を伸ばしてくるのに、桜弥は思わず少し身を引いてしまう。

「嫌？」

「そうじゃなくて……少し、心の準備をする時間が欲しくなったというか……」

「もしかして、恥ずかしいの……？」

何度もしたというのに、と言いたげな視線を向けられ、顔が熱くなる。

「十年も経ってるんですよ！　ど、どんな顔をして抱き合えばいいのか！」

好きだという想いだけで抱き合えたあの頃とは違う。

必死で訴えたが、ウィリアムはピンとこないようで、あっという間にズボンを下着ごと脱がされてしまう。

せめてもの抗議として耳を伏せ、手と尻尾で性器を隠す。

「ここまで来て焦らすなんて……サクヤは意地悪だ」

クスクスと笑ったウィリアムが、隠れていない胸や腹、太腿へとキスを落としていく。

「え……ひゃっ……！」

舌と指で弄ばれ、赤く色付いた胸の尖りに再び口を寄せられる。

「あっ………や………！」

咄嗟にウィリアムの頭を退かそうとするが、尖りを吸われると手から力が抜けて、ただ髪をかき回すだけになってしまう。

さらさらとした髪が腹にあたる小さな感触にさえ性感を煽られ、身体が甘く痺れた。

「ひっ……あっ…………ううっ………」

押し寄せる快感に頭がぼうっとしてくる。

ウィリアムにもそれがわかったのだろう。かろうじて性器を覆っていた尻尾がどかされたのにも気付かなかった。

性器をつうっと撫で上げられる。

「濡れてる」

指摘され、あまりの恥ずかしさに顔を背けた。

「だってウィルが触るから……」

「うん、俺のせいだ。サクヤが感じやすいのもあると思うけどね」

ウィリアムが嬉しそうに、性器を優しく撫でる。何か言い返そうとは思うものの、口から出るのは甘い吐息だけだった。

精を吐き出すには足りないゆるゆるとした刺激だけを与えられる。もどかしさに腰を捩ると、固いものが足に触れ、ウィリアムが息をつめた。

まだ服を纏ったままだったからわからなかったが、ウィリアムの下半身は確かに反応をしている。

それが嬉しくて、もう一度ウィリアムの中心に足をこすりつけるとウィリアムの口から色っぽい呻き声が零れた。

桜弥は妙な興奮を覚え、ウィリアムの性器を足で何度も撫で上げる。だがすぐに足首をむんずと掴まれ、ウィリアムの肩に担ぎあげられてしまった。

「あっ……」

「そんなに可愛いことをされたら、優しくできなくなるよ？」

いつの間に用意していたのだろう。

香油が桜弥の性器に垂らされる。同時にロゼリアのにおいがふわりと広がった。伝い落ちた香油を追いかけるように、後孔へと指が触れる。

優しくできなくなるなんて言いながらも、ウィリアムの指は優しく隘路を解していく。

久しぶりの異物感に、眉を寄せて耐える。

「ここ、一人で触ったりしなかったの？」

「しません……自分で触ったって虚しいだけだから」

「……そう、今度見せてくれると嬉しいな」

「え？　……んっ」

どういう意味だろうかと聞き返そうとしたところで、指が一本増やされる。

「苦しくない？」

「ちょっとだけ。十年前は平気だったのに……なんで笑ってるんですか？」

先ほどから何故かウィリアムは微笑んでいる。

「怒るから言わない」

そう言われると、ますます気になってしまう。

「……怒りません」

「本当に？」

「本当です」

何度か確認した後、ウィリアムが心底嬉しそうに打ち明ける。

「サクヤが、俺だけしか知らないってことがわかって嬉しい」

ウィリアムの言葉に、赤面する。

確かにそうだけど、そんなことがどうしてわかったんだろう、と考えてハッとする。つい さっき「十年前は平気だったのに」とこぼしてしまった事に。

「な……！　あっ」

動揺した瞬間、さらに指が増やされる。

「だから、怒るって言ったでしょ？」

「だ、だって、そんなの当たり前じゃないですか……あっ」

喘ぎ声をあげながらも、必死で言い返す。

「うん。わかってはいたんだけど……やっぱり嬉しくて」

本当に嬉しいのだろう。その声は弾んでいた。

その間も桜弥の後孔を解す指は止まらず、ひどく感じてしまう部分を焦らすようにして擦られるたびに射精感がこみ上げてくる。

「ひゃっ……！　ウィル、もう、いいですから……！」

　このままでは一人で達してしまう。

　桜弥は一緒に気持ちよくなりたかった。

「ダメだよ、久しぶりなんだから。ちゃんと拡げないと」

「だけど……も、もう……」

　一旦やめてくれと身体を起こした瞬間、ウィリアムの指の位置が変わり、桜弥の良い部分を思いきり抉った。

「あっ…………」

　耐えられなくなった性器が白濁を吐き出し、自身の腹を濡らす。

「い、一緒にいきたかったのに……」

「ごめん」

　肩で息をしながらそう言えば、ウィリアムが笑顔を浮かべて謝り、服を脱いだ。

　あらわになった逞しい身体に、どぎまぎとしてしまう。視線を下げれば、ウィリアムの屹立が目に入った。十年ぶりに目にするそれは、記憶の中のものより大きい気がした。これが自分の中に入ってくることを考えると、少しの興奮と不安を覚える。

　ウィリアムが桜弥の両足を掴んで大きく広げた。先端を桜弥の秘孔へと押し当てて、ぐっと腰を進める。

「ふっ……あ…………………！」

指とは全く違う大きさに、身体が二つに裂かれるような恐怖を覚えた。痛みはないが、久しぶりなせいか身体の力をうまく抜くことができない。

「サクヤ、大丈夫だから」

ウィリアムは優しく声をかけると、宥めるように顔中にキスをしながら力をなくしていた桜弥の性器をゆっくりと扱いた。身体は馴染んだ快感に夢中になり、後ろの異物感が薄れていく。

桜弥が大きく息をついた瞬間、ウィリアムが自身の屹立を奥まで突き入れた。

「はっ…………！」

火花が散ったかのように、目の前がちかちかする。自分の中がウィリアムのものでいっぱいになっているのがわかる。少し身じろいだだけで、指では届かない弱い部分までもが擦られ強い快感が押し寄せた。嬌声が口から漏れる。

「やっ………あっ！」

「サクヤ、気持ち良い？」

ウィリアムの言葉に、こくこくと頷く。ウィリアムも限界だったのだろう、焦らすことくらする。

なく性器がゆるく桜弥を突き上げた。奥を突かれるとわだかまっていた快感が弾けてくら

気持ち良い……。

もう一回やってほしくて腰を揺らめかせると、ウィリアムがふっと笑う気配がした。

恥ずかしい気持ちはすぐに霧散する。浅く深く、抜き差しされる度に生まれる、蕩けて

しまいそうな快感を追うのに必死だった。

「ふっ……ああっ……ウィル……あ、もっと……」

桜弥のはしたないお願いに、少しずつウィリアムの腰の動きが激しくなっていく。

粘膜を張りつめた肉塊にかき回され、最奥を突かれる度に、高みへと押し上げられてい

く。

「いっ……あっ……やっ……！」

怖いくらいに感じてしまい、手を伸ばしてウィリアムにしがみつく。

「可愛い、サクヤ」

容赦なく揺さぶりながら、ウィリアムが桜弥の顔のあちこちにキスをする。

息苦しいのに、気持ちが良い。ウィリアムの体温を感じていることに、幸せを感じる。

「ダメ……もうっ……！」

桜弥が訴えれば、ウィリアムが桜弥の性器を握り、幾度か擦られる。

「あっ………」

ビクビクと自分の身体が震え、自身の性器から蜜が飛び散った。その直後、ウィリアムが呻き声をあげ、桜弥の胎内に熱いものが注がれる。

荒い息をしながら、快感の余韻に浸る桜弥を、ウィリアムが優しく抱きしめる。

桜弥は幸せを感じながら、ゆっくりとウィリアムの背に手をまわした。

# 9

緊張した面持ちで、桜弥は自分の目の前に座る女性をじっと見つめる。

アルシェール女王・エミリアより、執務室へ来るよう伝えられたのは、一昨日の事だ。ガーデンパーティーの時に話していた褒美のことだとは思ったが、もしウィリアムと別れるように言われたらどうしようと、一抹の不安が頭を過る。

ウィリアムの話では、女王は自分たちの仲を反対してはいないらしいが、それが本心かはわからない。

会議用だと思われるテーブルの向かいには女王と王配が、そしてその下座には宰相がいる。王配とは、アルシェールに来た際のパーティーで挨拶をしたきりだ。

「そう、固くならずとも良い。先日聞いた『願い』に関して手筈が整ったので呼んだのだ」

女王の言葉にほっとする。ガーデンパーティーの後、女王の使いが桜弥の下を訪れ改めて願い事について聞かれていた。

「それでは……」

「うむ。主治医であるロベルトの見立てでも問題ないという話だ。ルイの花祭りへの参加を許そう」

「ありがとうございます！」

桜弥は迷った末、結局花祭りにルイを参加させたいと願った。

「ただ、そなたもルイも尊き立場の身ゆえ、何もかも自由にとはいかぬ」

女王はちらりと宰相へ目を向けた。

「ルイ殿下には人出が比較的少ない、四日目の日中にお忍びで出かけて頂きます。場所は護衛の都合もあり、大通りのみでお願い致します。表立った護衛は六名、それ以外にも騎士を配置致します」

「色々とご配慮いただき、ありがとうございます」

立場上、自由に見て回れないのは最初から予想していたし、当然のことだ。はやくルイにこの事を伝えたかった。大喜びするルイの様子を想像しただけで、桜弥も嬉しくなる。

「サクヤ皇子」

「はい」

王配に話しかけられ、桜弥は緩ませた表情を引き締める。

「私たちの孫を救ってくれた対価が、ルイの花祭りへの参加というのはささやかすぎる。

何か他に要望はないだろうか」

ウィリアムによく似た穏やかな笑み浮かべて、王配が言った。

桜弥は首をゆっくりと振った。

「猩炎病の薬は、扶桑帝国の医師たちが何年も試行錯誤を繰り返してできたものです。私は作り方を学んでいただけにすぎません。むしろ、私のせいで皆に迷惑をかけてしまいました。これ以上の願いは身に余ります」

なるべく失礼にならないよう辞退するが、王配は引かなかった。

「サクヤ皇子がアルシェールに来てくれていなければ、薬の存在すら知らないままルイを失っていたかもしれない。それに国としての体面もある。遠慮は不要だ」

ここまで言われてしまうと、辞退するのはかえって失礼に当たるだろう。けれど、現状に不満がないため、これといって思いつかない。

あ……そうだ……。

「私は現状に満足しております。もし許されるならば、私をこの国に招いてくれた王太子殿下に、権利を譲りたいと思います」

桜弥の言葉に、女王が小さく笑んだ。

「欲のない皇子だ。……ウィリアムは、良い相手を見つけたみたいだな」

「え……?」

良い相手とは、どういう意味で言っているのだろう。聞こうとしたその時、扉が激しくノックされた。

「なんだ、騒々しい」

女王が目配せをして、従者が扉を開ける。

ウィリアムが執務室の中に入ってきた。よほど急いだのか息が乱れている。

「ウィ……王太子殿下?」

「大丈夫か? 何か無理を言われてないか?」

首を振って否定すると、ほっとした表情を浮かべた。

そういえば、女王に呼び出された事を話してなかった。先ほど知って慌ててきてくれたらしく、申し訳ない気持ちになる。

「全く、人をなんだと思っているんだ。ルイの件で呼んだのだ」

「それならいいですが……」

ウィリアムは明らかに疑っている視線を女王へと向ける。

女王は呆れたようにため息をつくと、桜弥に声をかけた。

「サクヤ皇子、多忙な所呼び立てて悪かったな。また近いうちに会おう」

「は、はい。それでは失礼いたします」

立ち上がり、丁寧に礼をとる。ウィリアムも礼をとるが、女王に呼び止められる。

「ウィリアムは残りさない。話がある」

渋々と言った様子でウィリアムは女王の言葉に従う。

桜弥はウィリアムに小声で礼を言って執務室を出た。

「桜弥様」

控え室では真之が心配げに桜弥を待っていた。桜弥は呼び出された理由と、追加の願いはウィリアムに権利を譲ったことを伝えた。

「そうですか……王太子殿下に。これから忙しくなりますね」

「え？　どうして？」

ウィリアムの願いを知っているのだろうか。

時折二人が話しているのを見かけるが、いつの間にそんなに仲良くなったのだろう。

「そのうちわかりますよ」

真之は意味深に微笑むだけで、聞いても教えてくれなかった。

＊＊＊

年に一度、ロゼリアの咲く時期に開催される花祭りは国を挙げてのものであり、街にはたくさんの人が溢れていた。

花祭りでは演奏会、大道芸が無料で楽しめ、ロゼリアの花が一番似合う女性を選ぶコンテストなどもある。たくさんの屋台も出ていてとても賑やかだ。

「うわ～」

桜弥に手を引かれたルイは、大通りに出た途端、感嘆の声を上げる。

「すごい……ロゼリアのお花がいっぱい……！」

「ルイ、はしゃぐのはいいけど離れないようにね」

桜弥の隣に立つウィリアムが興奮するルイに声をかける。

「そうだぞ。迷子になったら探すのにも一苦労だ」

「わかった、叔父上たちの側を離れないようにするね」

叔父たちの言葉に、ルイは元気いっぱいに頷く。

本来の予定では桜弥と真之と三人だけのはずだったのに、馬車を降りた先に何故か二人がいたのだ。

お忍びであるため、皆いつもより簡素な服装だったが、はっきりいって全く忍べていない。煌びやかな容姿をもつ彼らは注目の的だった。

ルイも可愛らしいし、真之だって十分に整った容姿をしている。仕方がないとはいえ、桜弥はなんだか自分が場違いに思えてしまった。

「……二人が来るなんて聞いてなかったんだけど」

何も知らないルイは素直に喜んでいるが、警備に問題がでないか心配になる。

「サクヤとルイが花まつりに行くって聞いたから、俺も一緒に楽しみたくて」

いいよね桜弥、と微笑まれてしまえば、頷くことしかできない。

エドガーもそうそう、と調子よく頷いた。

「街に行くんだから案内がいた方がいいだろ？」

「大通りにしか行けないのにか？」

けれど、ウィリアムに鋭く突っ込まれてたじろぐ。

「いや、せっかくの花祭りなんだからさ、仲間外れにしないでくれよ～。ルイだって俺が一緒の方が楽しいよな？」

「うん、叔父上たちが来てくれて嬉しいよ」

エドガーはルイを味方につけてウィリアムと軽口を叩き合う。

宮殿に帰るよう言ったところで二人は聞かないだろう。桜弥は気持ちを切り替える。

道行くものは、人も獣人も皆笑顔を浮かべている。

せっかくの花祭りを楽しまなくては勿体ない。

「ねえ、あれはなに？　こっちは？」

ほとんど街へ出たことがないルイは、初めて見るものばかりで桜弥を質問攻めにする。

桜弥にもわからないことがあると、ウィリアムやエドガーが答えてくれる。

「あ、あれ食べたい！　あの、パンに果物が挟まれてるの！」

「ああ、フルーツサンドか。確かに美味そうだな」

ルイとエドガーが盛り上がっているのを見て、桜弥はウィリアムにこっそり聞く。

「屋台のものを、ルイ殿下に食べさせても大丈夫なんですか？」

「え？」

「その、外で売っている食べ物ですし……」

少しばかり不衛生ではないだろうか。ルイの食事には気を使っていたはずだ。

「この大通りに屋台を出せるのは、国の審査を通った店だけなんだ。抜き打ちでの調査もあるし、衛生面は問題ないよ」

ウィリアムに説明され、桜弥も納得する。

「ルイ、買い過ぎちゃだめだよ。屋台はたくさんあるんだからね」

ウィリアムのお許しが出た直後、駆けだそうとしたルイを、桜弥は慌てて手を引いて止める。

「護衛をしてくれる皆さんが困っちゃうから、手を繋いで歩いて行こうね」

列に並ぶと、ルイに誇らしげにお財布を見せられた。

「これで買うんだよ。おばあさまがこれで遊んできなさいって」

どうやらお小遣いをもらってきたらしい。

花祭りに参加できることになって、街での振る舞い方や買い物の仕方を学んだとは聞いていたので、ここはルイを見守るべきだろう。

「どの硬貨で払えばいいかわかる？」

「わかるよ！　勉強したもん！　一人一個だから……」

真之の分まで含めて五個分のお金を渡される。

お小遣いは自分のために使って欲しかったので、気持ちだけ受け取って大人の分は桜弥が出す。

店員からフルーツサンドを受け取り、ウィリアムたちに合流する。

「いま食べてもいい？」

「いいよ。今日はお祭りだから特別だよ」

ウィリアムが食べて見せると、ルイもパクリとサンドイッチを頬ばって「美味しい！」と満面の笑みを浮かべる。

その後もルイの興味の赴くまま、ゆっくりと出店を見てまわる。女王夫妻へのお土産もしっかり購入していた。

楽しい時間はあっという間だった。日が落ちる前には王宮に戻るよう言われている。

「そろそろ、戻らないとまずいかな……」

桜弥が呟けば、エドガーがちらりとウィリアムを見た後に「最後に噴水広場」に行こうと言い出した。

「あそこの女神像にもロゼリアが飾られてて見応えがあるんだ」

「そうなんだ。じゃあ、行ってみようか」

ルイもまだ元気だから、問題なく歩けるだろう。

噴水に近づくにつれ、ロゼリアの花を手に持つ者や、髪や胸に飾るカップルが増えていく。

突然、わあっという歓声が上がる。見れば女性が赤いロゼリアを幸せそうに胸に抱いていた。赤いロゼリアは愛の告白だ。きっと向かいの青年に告白をされただろう。周囲の人が笑顔でひやかしている。

桜弥はウィリアムに告白してしまった過去を思い出して、懐かしくなる。

「わっ……」

初々しい恋人たちに気を取られて、煉瓦に躓（つまず）いてしまった。バランスを崩した桜弥を、ウィリアムがさっと抱き寄せてくれる。

「あ、ありがとう……」

「気を付けて」

そう言うと、ウィリアムはルイと繋いでいない方の手を握った。気恥ずかしくはあったが、手から伝わるウィリアムの体温が嬉しかった。

しかし、エドガーと真之からなんとも言えない笑みを向けられているのに気付いた。

慌てて手を放そうとしたけれど、ウィリアムにギュッと手を握りしめられてしまう。

「気にしなくていいんだぞ～、サクヤ。なあ？」

エドガーが一歩後ろを歩く真之に視線を送る。

「ええ。恋人同士が触れ合うのは、ごく当たり前のことですので」

なんでもないことのように口にされるが、明らかにからかわれている。何か言えば倍になって帰ってきそうで、桜弥は無視することにした。

彼らの言う通り、れっきとした恋人同士なのだから。

そのまま道を歩いていると、花屋に声をかけられた。

「お兄さん方、ロゼリアを買わないかい？　せっかくの花祭りだっていうのに、一つも付けてないじゃないか」

恰幅の良い女性店員にウィリアムが応じる。

ルイにロゼリアの色の意味を一つ一つ説明するエドガーを見て、唐突に彼が言っていた「大人になってまでキューピッド」の意味を理解する。

学院時代、ウィリアムにロゼリアを買いたいと言う桜弥に、赤を勧めたのはエドガーだった。悪戯だとばかり思っていたが、わざとだったのだろう。

「お兄さんたちは赤よね？」

店員がちらっと繋いだ手を見た後、バラ売りの赤いロゼリアに視線を向ける。

「いや、花束をくれないか」

ウィリアムは赤いロゼリアの花束を指さす。

「僕に下さるのでしたら、一輪頂ければ十分です」

赤いロゼリアの花を贈る意味は、桜弥にもわかっている。それをウィリアムから貰えるのだ。一輪でも十分幸せだった。

「恋人さんは外国の方かい？」

「ええ、扶桑の出身です」

なるほどね、と頷きながら花束を手早くラッピングする。

「幸運を」

花屋はニヤリと笑い、ウィリアムにウインクをした。

「え？　今の、どういう意味ですか……？」

「すぐにわかるよ」

支払いを終え、花束を受け取ったウィリアムは笑うばかりで教えてくれない。視界の端では、エドガーが真之とルイに何か話している。

三人に声をかけようとしたが、突然ウィリアムが桜弥の手を引き、噴水前に向かう。

「ちょっと待って、ルイたちが……」

「大丈夫」

後ろを振り返るとエドガーがひらひらと手を振った。ルイや真之も気にした様子はない。

周囲の人々が、心得たとばかりにその場を空けてくれる。

戸惑う桜弥の足許に、ウィリアムがすっと跪いた。

「ウ、ウィル？」

「いつかサクヤと再会できた時、俺を愛し続けてくれていたのなら、言おうと決めていた」

ウィリアムが真剣な顔で、桜弥を真っ直ぐに見つめた。

「サクヤ、結婚しよう」

周囲の音が遠ざかり、まるで世界に自分とウィリアムしかいないかのような錯覚を覚える。

「え、えええええ!?」

ウィリアムの言葉の意味を理解した桜弥は、思わず叫び声をあげてしまう。

「でも、許されないんじゃ……」

ウィリアムは王太子なのだ。勝手には結婚を決められないのではないだろうか。

「母の許しは得ている。『願い』を譲ってくれただろう?」

「ほ、本当ですか……?」

「ああ、本当だ。だから、どうか返事をくれないか?」

優しくウィリアムが微笑む。嬉しいのになぜか泣けてきて、桜弥は涙ぐみながら花束を受け取る。

「喜んで、お受けいたします……」

あまり大きな声ではないものの、はっきりと桜弥が口にした、その瞬間。

わあっという歓声が起きた。そこかしこから、おめでとうという言葉が聞こえてくる。

ようやく桜弥は、周囲が固唾をのんで自分たちを見ていたことに気付いて、真っ赤になる。

花束で顔を隠した桜弥を、ウィリアムが抱きしめた。

「驚いた？」

「驚きすぎて心臓が止まるかと思いました」

「赤いロゼリアの花束は『永遠の愛』という意味を持つんだ」

ウィリアムは身を離すと、花束から一輪引き抜き桜弥の髪に飾る。

「花束のロゼリアを身につけると、プロポーズを受けるという意味にもなるんだよ」

囁かれ考える。それは皆に「結婚します」と宣言して歩くようなものではないだろうか。

さすがに恥ずかしすぎる。慌てて外そうとするがウィリアムに邪魔されてしまう。

笑みを浮かべたエドガーが、ルイたちとこちらに近づいてくる。

「結婚おめでとう、ようやくだな」

エドガーがウィリアムの背中を軽くたたく。

「おめでとうございます」

真之に言われ、ハッとする。自分もまた自由に結婚ができる立場ではない。反対される可能性だってある。

「……国になんて報告をしよう……」

ぽつりと呟けば、

「祝福するって書状が皇帝陛下から届いておりましたよ」

「へ？」

茫然とする桜弥に、真之はにこりと笑う。

大人たちの様子に何が起きたのかなんとなく理解したルイが、ウィリアムの服の裾を引っぱった。

「ねえ叔父上、サクヤと結婚するの？」

「ああ、そうだよ」

「じゃあ、サクヤが王太子妃様？　ずっと一緒にいられるんだ！」

よほど嬉しかったのだろう。興奮したルイの声が周囲に響いた。

「……え？　王太子妃様？」

「まさか……」

「そういえばサクヤって、扶桑帝国から来た皇子様と同じ名前じゃないか？」

周囲がざわめきはじめ、再び注目を集めてしまう。

どうやって誤魔化そうかと、ウィリアムに視線を送る。けれど。

声に変わった。

「皆の祝福を感謝する」

ウィリアムは堂々と桜弥の肩を抱き寄せた。ざわめきはますます大きくなり、やがて歓声に変わった。

騎士が王宮の馬車を迎えに来させてくれたおかげで、もみくちゃになるのは免れたが、どんどん人が集まって王宮に戻るのにかなり時間がかかってしまった。

その後はさらに大変だった。

王太子のプロポーズを知った街の人々が、敬愛と忠誠を示す白色のロゼリアを王宮へと次々に届けに来たのだ。

そのせいで王宮中にプロポーズのことが知れ渡ってしまい、会う人会う人に声をかけられて落ち着かなかった。きっと明日はもっと大変な騒ぎになるだろう。

夕食を皆でとった後、ウィリアムに誘われ夜の中庭を二人で歩く。涼しい風が心地よい。

「こんなに幸せで、良いのでしょうか……。僕が、ウィルの妃だなんて……」

暗がりの中、桜弥に寄り添うように立つウィリアムに、静かに問う。

「いいに決まってる。王太子妃は大変な役割だがサクヤなら大丈夫だ。だから二人で、いや、ルイたちも含めてもっと幸せになろう」

「はい」

桜弥が頷けば、ウィリアムの顔がゆっくりと自分に近づいてくる。

「あ、待ってください……」

もう少しで額にウィリアムの唇が触れるというところで、桜弥はそれを阻んだ。

不満げな視線を向けられる。

桜弥は小さく笑うと、ウィリアムの唇に自分のそれを重ねた。

ほんの一瞬、触れるだけのキス。

「たまには、僕の方からしてみたくて……」

よほど驚いたのだろう。ウィリアムはまじまじと桜弥を見つめた後、力強く抱きしめた。

「どこまで俺を夢中にさせるんだろうね、サクヤは」

耳もとで囁かれるウィリアムの言葉を、桜弥は幸せな気持ちで聞いた。

終

## ■あとがき■

はじめまして、またはこんにちは。はなのみやこです。

ショコラ文庫さんで二冊目の本を出して頂きました。

今回の本、私史上一番の難産だったので、担当編集のＦさんはじめ皆様には多大なご迷惑をおかけしてしまいました。と、冒頭いきなり謝罪からはじまってすみません。

人間と獣人が共存する世界のお話は以前も書いたことがあるのですが、今回は獣化等はせず、耳と尻尾がついているタイプの獣人です。

ヒストリカル＋ファンタジーということで、基本的に好きなものはたくさん詰め込ませて頂いたのですが、今回はいつもよりちょっとだけ専門的な描写が頑張れたかな？　と思います。

受の桜弥(さくや)は真面目で努力家、一生懸命で良い子なのですが、獣人であることを誇りに思いつつも、少しだけコンプレックスも持っています。

私の書く攻は基本的に優しいことが多いのですが、ウィリアムはみんなに優しいので、桜弥が不安になる気持ちは書いていてもよくわかりました。とはいっても、桜弥がそう思っているだけで、ウィリアムの桜弥への優しさは他に対する者よりずっと強いものではあるのですが。

種族の違う二人が結ばれること、現実はなかなか厳しいですが、そういった物語がやっぱり私は好きなんだと思います。

ちなみに、初稿の二人の学院時代が楽しすぎてたくさん書きすぎて担当さんに笑顔でカットされてしまったのは良い思い出です（本当にすみませんでした……！）

北沢（きたざわ）先生の描かれる桜弥がとても美人で可愛くて、ラフを見させて頂いてすごく幸せな気持ちになりました。ウィリアムはいかにも王子様という感じで神々しいですし、ルイもとっても可愛らしくて。ありがとうございました。

担当Ｆ様、本当にこの度は色々とありがとうございました。世話のかかる作家でごめんなさい。この本を出版するのに携わって下さった全ての方々に、感謝しております。

そして何より、この本を手に取ってくださった皆様。まだまだ未熟な私ですが、面白い話をお届けしたいという気持ちは誰より持っている自信があります。この本を読んで下さって、本当にありがとうございました。少しでも皆様に楽しんで頂けましたら、とても幸いです。

令和四年　夏　はなのみやこ

CHOCOLAT BUNKO

# 好評発売中！

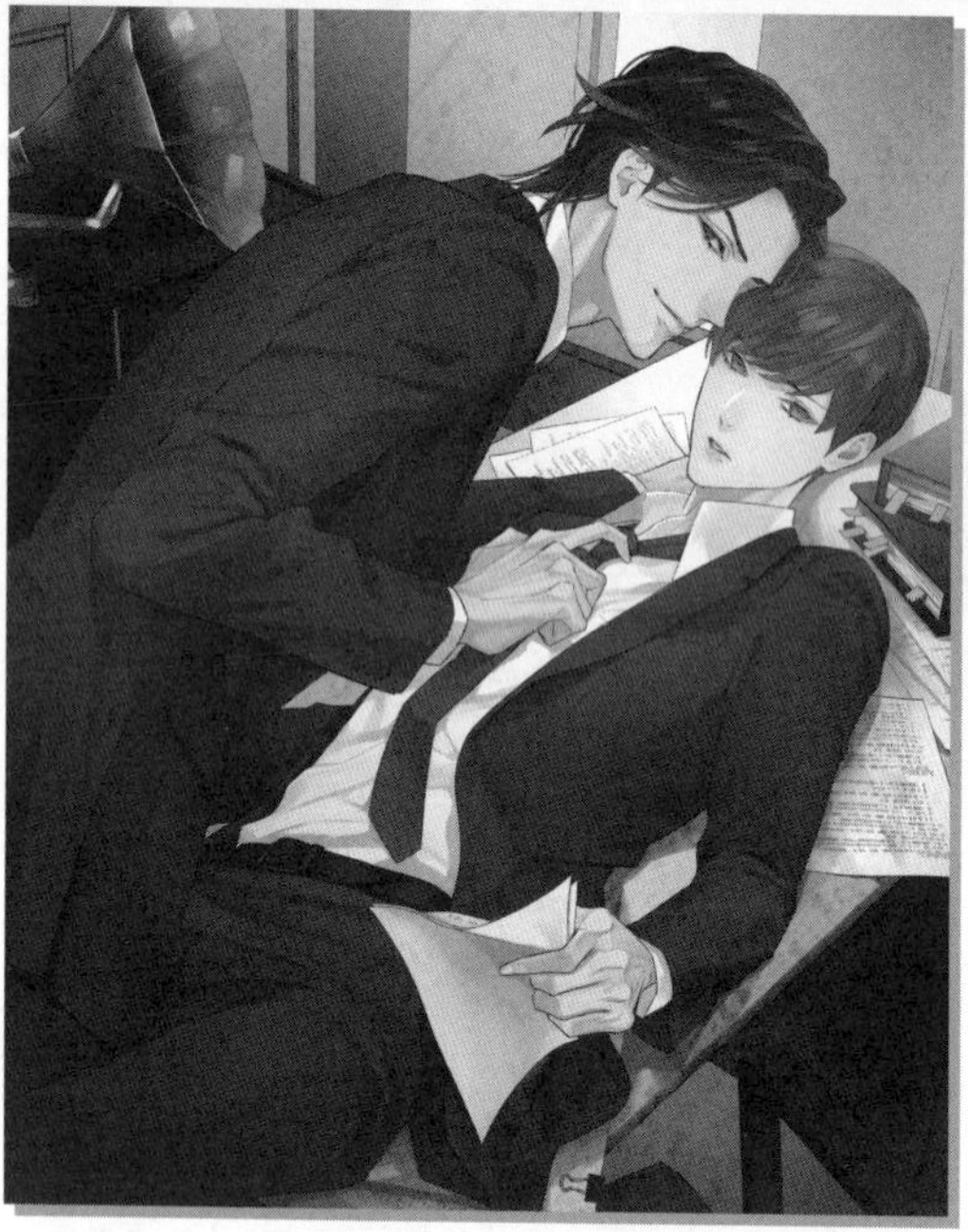

## 恋と謎解きはオペラの調べにのせて

はなのみやこ

イラスト・kivvi

### ——この刑事、ハマると危険！

自衛官の紅太は上司から逆恨みされ、警視庁へ出向になってしまう。窓際部署に配属されるが、上司となったのは以前命を助けてくれた男、一路だった。元捜査一課の刑事だった彼は王子様のような見た目に反し、変人で自分勝手。そんな一路に振り回されていたある日、友人が自殺したことを知る。不審に思った紅太は一路に捜査の協力を頼むが、代わりに出された条件は一路に抱かれることだった。一度は拒んだ紅太だが…!?

# ニコラと花咲く国の暴君

Si

イラスト・伊東七つ生

**国を追われた王子を癒したのは、楽園のように美しい島と、粗野で不器用な王の愛。**

庶子のため王子でありながら修道院でひっそり暮らしていたニコラは、兄に命を狙われ国を脱出する。だが船が嵐に遭い、植物を操る力を持つ不思議な人々の島・アマネアに辿り着いた。王の一人であるランドは美しいが粗野で横暴な男で、ニコラに植物を盗んだという罪を着せて島に足止めする。処刑されることも覚悟したニコラだが、意外にもランドは虚弱なニコラに薬や食べ物を与え、アマネアに馴染めるよう面倒を見てくれて…。

CHOCOLAT BUNKO

# 好評発売中！

## 桜屋敷総帥と三人のお嫁さんと僕

成瀬かの

イラスト・Ciel

### 好きな人には、
### もうお嫁さん（男）×3がいました。

“今日、僕の好きな人が三人目の花嫁を迎える——”病弱で世間知らずな日和は引越先の隣人・桜屋敷に優しくされ恋に落ちる。でも、彼は既婚者な上に財閥総帥、つまり手の届かない所にいる人だった。諦めようとしたのに「出会ってから私の心はずっと君の上にあった」と激白され日和は混乱する。この世界には男しかいないの？　なぜ嫁たちは日和を泥棒猫扱いするどころか可愛がるわけ？　この恋は許されるの？　惑う日和に桜屋敷は…。

初出
「おおかみ皇子は王太子に二度愛される」書き下ろし

CHOCOLAT
BUNKO

この本を読んでのご意見、ご感想をお寄せ下さい。
作者への手紙もお待ちしております。

あて先
〒171-0014東京都豊島区池袋2-41-6
第一シャンボールビル 7階
(株)心交社　ショコラ編集部

# おおかみ皇子は王太子に二度愛される

2022年7月20日　第1刷


著　者:はなのみやこ
発行者:林 高弘
発行所:株式会社　心交社
〒171-0014　東京都豊島区池袋2-41-6
第一シャンボールビル 7階
(編集)03-3980-6337 (営業)03-3959-6169
http://www.chocolat_novels.com/
印刷所:図書印刷 株式会社